連城
的
A Princess Favor
上
大介 繪

Chapter 01

「幫我一個小忙吧！」

從張蝶語說話時的神情和語氣判斷，連城立刻知道對方要求的絕對不會是一個小忙。

其實，幫個忙並不爲難，也不是一次兩次少見的事。他們經常互相幫助，從來沒人計較那是舉手之勞，還是耗神費力的巨大工程。

因爲他們是朋友，很要好的朋友。

五年前，連城和兩名老同學合夥開的餐廳和某個供應商起了糾紛，老同學的另一名老同學介紹律師朋友幫忙，不巧那人正要休長假，又轉介給同事。

那名同事，便是張蝶語。

之後的十來個月裡，雙方因公事頻繁來往，多半是連城負責接洽。偶爾閒談，意外發現兩人不但同齡同屆，還成長於同一個城市，有幾個彼此都認識的同學，參加過幾次同樣的競賽與營隊。

共通話題多了，聊開來也越來越是投契，案子順利解決後，張蝶語欣然接受餐廳的常年法律顧問一職，迄今已是第五年，她與連城不僅在公事上合作愉快，私下更成了無話不談的好朋友。

今天也和平日沒有不同，工作結束後，兩人相約吃頓晚飯。

燒烤店是張蝶語挑的，位在辦公大樓林立的商業區，價位不低，生意依然興隆，顧客有九成是上班族，靠大吃來紓解工作壓力。店內香氣四溢，充滿人聲笑語，即使是被迫來應酬的客人，也是嘻嘻笑笑，至少表面上的氣氛十分熱烈。

開頭的半小時，他們只是專心烤專心吃，幾乎沒開口說話。

連城稍早時吃了不少合夥人試做的春季餐點，肚子不怎麼餓，多數時間都在照顧網架上的食物，再適當分配到各自的盤裡。他和張蝶語是資深飯友，對方愛吃什麼，不吃什麼，都瞭若指掌。

連城稍微拉鬆了繫在頸間的溫莎結，外套早已脫下，隨意擱在隔壁的空椅子上。這是他成為社會新鮮人時買下的第一套西裝，軍藍鉛筆紋、薄織羊毛料、合身服貼的義式剪裁，曾經他只在重要場合穿它——姊姊的婚禮、自家的餐廳開幕、第一次接受媒體採訪，都是這一身軍藍色。

如今他的事業已有小成，餐廳開始賺錢，分店正在籌備，手頭有了閒錢享受生活，衣櫥裡多了更昂貴講究的各種選擇。他不再需要小心翼翼，可以在任何時候穿這套服裝。

一輪吃罷，半飽的胃袋溫暖了，他們一面啜著啤酒，等待新點的菜上桌，一面漫無目的地閒聊。

起先是些沒營養的話題，接著提到即將來臨的農曆新年，然後是連城的戀情再次告吹的新消息。

戀情告吹是大幅修飾過的漂亮說法，連城與對方認識加交往的總時長才一個月，實在更像大賣場退貨。

連城說起時，也沒有半點遺憾，話題就是從這時候轉往奇妙的方向。

「以前我就說過，在你曾有過的那一大堆亂七八糟的關係當中，無論對象多嫩多年輕，你才是幼稚不成熟的那個大男孩，一把年紀都不知道活到哪裡去了。」

「當心點，妳現在聽起來超像我老媽。」

「她不催促你趕快長大，安定下來嗎？」

「沒空，她忙著過她的快樂退休生活，偶爾逗弄我姊的三胞胎小孩，只要我不出什麼大事就夠了。」

張蝶語長長嘆了口氣，「眞好哪！」

那羨慕的語氣聽上去眞心誠意，連城感到意外又好笑。

張蝶語可不只是個大律師，還是個有腦袋有外貌有來頭的大美女。事務所的同事、客戶稱讚她敏銳犀利，職場上的對手則說她強勢霸道，同時沒有一個人敢不對她的家世背景敬畏三分。她出身自名號響叮噹的豪門世家，是萬歷集團現任總裁暨首席執行長的唯一妹妹，即使不在家族旗下的任何一家公司擔任要職，也不影響她公主般的地位。

連城和張蝶語同齡，剛滿三十歲，家世財力遠不能相比，但是外表算得上並駕齊軀。連城的身材比例天生出眾，兼且下過功夫鍛鍊，比標準體格還要挺拔一些，寬肩長腿，腰臀窄，胸膛厚實；他五官端正，每天細心打理的毛髮烏黑有型，嘴角常掛著的笑容在瀟灑與輕佻之間有著極微妙的平衡。

不認識的人常誤認連城和張蝶語是相當登對的情侶，熟識的友人則知道他們最多只可能是朋友。

因爲連城自情竇初開至今，不曾對女性產生興趣，遇上有腦袋有外貌有來頭的張蝶語也沒有絲毫改變。

連城是個同性戀，徹頭徹尾。

張蝶語因此得到稀罕的異性朋友，不怕她、不追她，從未把她當成向富豪父兄攀關係的工具，她十分珍惜。她有個同居男友，不讓任何家人知道，卻沒有瞞著連城。而連城的性傾向只對少數親友公開，張蝶語就是其中之一。

他倆無話不談，婚姻與愛情的煩惱在近幾年所占的談話比例卻是越來越高了。

「妳與公主的分別只差一個頭銜，幹麼羨慕平民老百姓？」

「就算是眞公主，也逃不掉婚姻大事。要不要結婚、跟誰結婚，全都要被干涉！」彷彿被踩到痛處，張蝶語緊緊皺起眉頭，喝空的啤酒杯放上桌面時用的力道可大了不只一點點。

「我今年滿三十歲，我爸媽的焦急大概快要達到極限，哪天忽然帶著某某家的少東出現，製造一場『巧遇』也不奇怪，萬一殺到我的住處就更糟糕——」張蝶語像是想到了什麼，臉色瞬間發白，「完蛋了！以他們的個性，一定會搞到全國都以為我急著想結婚！這可不是誇張其辭，眞的是所有人都會把我視爲一個大笑話！」

張蝶語說話的速度越來越快，幾乎陷入了恐慌。

「好了、好了，先冷靜下來。」連城把自己那杯還沒喝過半口的啤酒先推過去給她，招手又向服務生加點了兩杯。

張蝶語並非杞人憂天，萬歷張家的確很受到媒體的關注。連城腦中忍不住浮現那些住海邊的名嘴、藝人們，在螢光幕上用討論國事般的鄭重語氣胡亂八卦的畫面，實在荒謬好笑。基於朋友的道義，他努力不讓自己笑出來。

見張蝶語灌下大半杯啤酒，鎭靜多了，連城才接著說：「我以爲妳爸已經不管事了。」

萬歷的實權早已完全轉移給接班的總裁張雁鳴，也就是張蝶語的四哥，他們的父親張延齡頂著的董事長頭銜只是個榮譽職，這點大家都知道。

「老爸不管公司的事，但是在家裡還是一家之主。事實上，交出公司的擔子之後，他反而有更多的時間力氣和我媽一起來……關心我們。」張蝶語用了不少意志力才沒把關心換成其他字眼。

「那就結婚啊！妳和小畫家安安穩穩同居兩年多了，不如趁這個機會把他介紹給妳的父母認識？」

「我從沒聽過那麼驚悚恐怖、不切實際的提議！」張蝶語睜大雙眼，眼中貨眞價實帶著些許驚恐的神色，「你覺得我爸媽能夠接受？文雅不會被生吞活剝，而後嚇得躲到外太空，永遠不再接近我嗎？」

連城本來要說這番說詞太誇張，仔細一想，又把話吞了回去。

張蝶語預想的結果，確實有可能發生，而且是極大的可能。

她的同居男友鄒文雅，人如其名，長相斯文秀氣，性格內向害羞，是個不和任何人起衝突的和平主義者。或者，也可以說他是軟弱的膽小鬼，有社交障礙的邊緣人，除了張蝶語和自己的藝術世界，其他一概無法應對。

連城不懂藝術，看不出作品好壞，只知道小畫家在藝壇沒沒無聞，連自己都還養不活。但是小倆口並不太在意，張蝶語負責賺錢，鄒文雅窩在家裡作畫做家事，日子算得上恬靜溫暖。

只是這樣的生活模式看在張家長輩眼裡，大概很難理解吧，更不要說接受了。

「我爸媽只會覺得我養了個小白臉很可恥！在那些陳舊到生鏽的破爛觀念裡，女人可以當主婦當貴婦，若是反過來，世界將馬上毀滅。」

「你四哥張雁鳴也沒結婚不是嗎？還比較年長，妳不能拖他出來擋一陣子嗎？」

「他們才不敢惹他。再說，他是個大總裁，又是男人，再老都有行情，女人卻相反。套句我媽的說法，要趕在不能生、失去女人的價值之前快點嫁出去！」

張蝶語翻了個連城見過最誇張的白眼，接著嘆了口他聽過最無奈的氣。

「預計在今年春天，事務所會有個大案子，對我能不能順利晉升合夥人有很大的影響，再加上手邊原有的工作，一連要忙上十幾個月，實在承擔不起我爸媽拿結婚的事來添亂。」

連城沒辦法解決友人的煩惱，只能認真傾聽。他滿懷同情地望著張蝶語，自然而然且眞誠地說：「眞希望我能幫得上忙。」

雖然他根本不能，也無法體會張蝶語的處境。

連城的父親早逝，母親教養他和姊姊二人的方針，正面來說是自由開明，難聽點則是放任隨性。所幸他們都沒有長歪，親子手足間的感情也融洽。成長在如此家風之下，連城一向想做什麼就做什麼，和母親的交流是分享，從來不是請示。

張蝶語的煩惱，他難以感同身受。不過，他知道在萬歷這種豪門，長輩們的能耐不僅僅是與子女吵架冷戰而已，有千百種方法可施，雖說要趕走鄒文雅，也不需要什麼厲害手段。

此時新點的食物陸續送上桌，有酒有肉有菜還有海鮮，擺滿桌面。連城抓起金屬夾，自動忙碌起來，邊烤邊對盤裡的食材品頭論足。他並不負責自家餐廳的食材挑選採購，但是聽擔任主廚的合夥人說得夠久夠多，也累積了不少知識。

這一回，張蝶語倒不急著動筷，她瞇起眼，意味深長地盯著坐在對座的連城，卻不作聲，直到爐子上的肉又都熟了，才慢條斯理開口。

「老實說，你我表面上也算登對。」

連城哈哈笑了幾聲。他和張蝶語的確經常被誤會是一對情侶，次數多到有時兩人都懶得分辯。

然後張蝶語就是在這時候提出那項匪夷所思的要求。

「幫我一個小忙吧！」

那絕對絕對，不會是一個小忙。

「乾脆你假裝是我交往多年的男友，跟我回家見我父母一面吧！」

連城愣住了，剛夾起的肉又掉回網架。

他下意識想大笑，然而抬頭望去，張蝶語緊盯著自己的那雙大眼睛裡，不見平常說笑時的淘氣促狹，而是滿滿的期待。

連城忽然間僵住，笑不出來。

「剛……剛剛那句話是怎麼說的？喔，對了，」他也努力瞪大了眼睛，「我從沒聽過這麼驚悚恐怖、不切實際的提議！」

張蝶語輕鬆擺了擺手，「哎，你太誇張了！時間不需要太長，就假裝個半年一年，撐到我升合夥人就行了。這段期間，頂多逢年過節跟老人家吃頓飯請個安，很容易的。」

說完，她殷勤揮舞筷子，把賣相最佳最肥美的食物都堆進連城碗裡。

連城對著那一小座肉山皺了皺眉頭。對面的大小姐這回挑了菜吃，嚼得津津有味，好像壓在她心上的煩惱瞬間解決了似的。

連城可不敢同意，「別傻了，只需要找個徵信社，還不必是厲害的，隨便調查一下，妳的謊言馬上就會敗露。」

「不會。我讀碩班時，哥哥們曾向我發誓，永遠不再用鬼祟的手段探查我的私生活。他們很守信用，不然我怎麼能把文雅藏那麼久？」

連城好奇地問：「哦，那時發生了什麼——」

不，不對，現在不是關心往事的時候！他猛力搖頭，改口：「我們家高攀不上萬歷的千金小姐，等級差太多，不可能過關啦！」

「我爸媽挑女婿的標準每年都在下降，差不多到達你的位置了。」

「那是稱讚嗎？我應該高興嗎？」

張蝶語不理睬他，接著說下去：「他們一向喜歡白手起家、有事業心、社交能力強、陽剛味重的大男人。加上你背景單純，家境小康，外表也算人模人樣，在我爸媽心中搞不好已經贏過一大票養尊處優的少爺。」

連城癟了癟嘴，看上去滿臉不信。

如果是應徵工作，連城從來沒有自信方面的問題，推銷自己的台詞絕對說得比張蝶語更熱烈精彩。可是，現在講的是挑女婿，而且還是萬家的女婿，這種事他一輩子沒考慮過，心中半點把握也沒有。

「不嘗試看看怎麼知道成敗？你的成功率可比文雅高了好幾百倍呢！難道不想奮力一搏，收穫甜美的果實嗎？」

「我是要收穫什麼果實？」

「你說我和公主就差一個頭銜，那麼我的另一半、萬歷集團的準女婿、大總裁的未來妹夫，不就是個駙馬爺嗎？」

張蝶語把下巴抵在交疊的雙手上，上半身往連城的方向挨近，用甜得像惡魔的笑容與輕柔得可疑的語氣低聲說著。

「我和四哥年齡最接近，感情最好，我的結婚對象，難道他不特別關照嗎？這不是我自以爲是的如意算盤，而是大家一定會有的想法。包括那些曾經給你臉色看的勢利眼，每個人的態度都會改變，爭先恐後來拍你的馬屁。你不是煩惱二號店的貸款數字不理想嗎？沒關係，來跟萬歷銀行借，自己人嘛，要多少有多少，我敢說四哥連利息都不會跟你算呢！」

「這……這聽起來有點……有點……」令人心動！連城嚥了下口水，「無恥啊！」

「如果我拜託你幫忙，卻不給報酬，那才叫無恥。」

「所以，妳打算給我的報酬是妳四哥？」

張蝶語白了他一眼，「……我四哥的友誼！」

「將來總要分手吧？到時候我就不妙了。」

「別怕，升上合夥人之後，我會狠狠甩掉你！四哥在這方面最心軟，對可憐的受害者最親切了。只要你把握機會與他建立友誼，即使你我分手，四哥也不會輕易拋棄朋友，這一類的事都有前例，我可沒騙人。」她邊說邊點頭，越來越覺得自己的主意高明、了不起、面面俱到。

說著，張蝶語又送上高帽，「你最大的優點就是人際關係不錯，交朋友很少遇到困難，運勢也強，混蛋負心都沒遭到天譴，我的家人一定會喜歡你。我有信心，你辦得到的！」

「我並不願意否認，但、但是——」

「萬歷集團首席執行長張雁鳴的好友，這個頭銜無論放在哪裡都好閃亮喔！」太亂來了！連城平常也算口齒伶俐，現在卻目瞪口呆望著張蝶語，一時竟說不出話。

這種計畫不可能有用，不可能有用……吧？

兩人早就忘了要吃東西，筷子夾子擱在一旁不動，幾片高級牛菲力被遺忘在網架上，已烤得半焦。

路過的服務生瞥來憂慮的一眼，想要上前提醒，可是兩名客人對視的眼神裡火花四濺，氣氛很不尋常，實在不敢打擾，只好又匆匆逃開。

「我說啊，你就別再假裝抗拒了，老實承認你心裡也覺得這樣很好玩，爽爽快快答應吧！」

連城無奈一笑，「萬一不小心成功，妳父母本來就急著要妳嫁，立刻著手籌備婚事該怎麼辦？」

「哎呀，見個面認識認識而已，不會那麼快啦！」

「不會嗎？」

「不會啦！」張蝶語輕鬆笑著，伸手招喚服務生，「啊，太好了，眞是吃得最值得的一頓飯！我請客，再把你愛吃的全都叫一輪來吧！」

當天晚上，連城在家中接到鄒文雅的來電。

厭惡社交，只要能用訊息溝通就打死不講電話的小畫家，極爲稀奇地在線路另一頭說了許多話。他千恩萬謝，感激連城願意代他赴湯蹈火，幫助張蝶語，儘管有時結巴，有時又說得太快，含糊不清，卻不難聽出他話語中的眞摯。

最後一個顧慮於是消失了。

三十年人生沒和異性談過戀愛的連城，忽然多出個女朋友，並且還要去見女方的父母了！

Chapter 02

連城沒有後悔。

他答應幫忙張蝶語，大部分是出於對朋友的義氣，而後才是好奇的心態、愛玩的性格和自我的利益使然。

他絕對沒有後悔，只是事情也進展得太快了吧！

一週後的小年夜當天，連城剛起床就被張蝶語突襲個措手不及，腦袋還沒完全清醒就胡裡胡塗上了對方的車，拎著兩天份的行李，提早踏上返鄉路。

連城的父親早已過世，留下他和媽媽姊姊一家三口。父親那一邊的親戚住得遠，原本就不常往來，父親離開後，關係更加淡薄，幾十年來只在中秋端午傳個訊息送份禮，過年時由長男連城代表回祖父母家吃頓年夜飯，就是全部的互動了。

連城每年的這項固定行程，張蝶語是知道的，她還知道連城的祖父母住在南部，返鄉途中必會經過張家祖宅所在的縣市，因此提前一天拐連城出發，先在張家吃頓飯過一夜，實行假男友計畫，隔天再送他繼續上路。

橫豎都是要南下返鄉，連城還真找不到理由拒絕。

一路上塞車嚴重，走走停停，除了在休息站伸個腿吃點東西之外，兩人一整天幾乎都耗在車上。

好不容易下了高速公路，進入市區，連城堅持找了家百貨公司，買了裡頭最昂貴的食品禮盒和一盆喜氣洋洋的年節應景盆花。

張蝶語很不以爲然，「沒有必要，我爸媽不會介意你是否兩手空空。」

「妳害我沒時間準備，拿不出眞正體面的禮物已經夠丟臉，接下來是不是還要說妳爸媽人很好？豬隊友的名台詞，我可不會輕易上當。」

「我才沒有要那麼說呢！但是他們眞的很期待你的到來。」張蝶語拍拍連城的手臂，鼓勵他，「記住，四哥是一大重點，爸媽最聽他的話，所以你要努力拍他馬屁，騙倒他迷倒他，讓他支持我們！哄男人不正是你的專長嗎？」

「我擅長的是把男人哄上床，而且是可愛、活潑的男孩子，霸道總裁不在我的守備範圍內。」

「他才不是那樣子呢！我四哥人很好——」

「啊哈！妳說出那句台詞了！」

「因爲那是事實啊！」

連城笑著搖搖頭，「說眞的，我對妳四哥沒有半點企圖，他不是我的菜。」

「沒差，反正我四哥是直的，比直尺還要直。」

「咦，他親口承認是異性戀嗎？」

「少裝震驚了，異性戀又不需要公開承認。」

「眞不公平，爲什麼同性戀就需要出櫃？」

「好啦，你就繼續假裝你是爲了抗議這一點，才不特別公開。明明就是怕麻煩。」

連城笑著做了個鬼臉，不否認也不承認。他拿起擱在腿上的雜誌，盯著封面看了好一會兒。

那是本新出刊的航空雜誌，他剛上車時在後座見到，便隨手撈過來翻看。雜誌的封面很單純，一架大型客機占據了大部分畫面，近景是個嚴肅西裝男的半身照，醒目的黑色字體在下方寫著：不惜成本，萬里航空重金引進波音最新款客機。底下則是另一排小字：萬歷集團總裁兼首席執行長張雁鳴，暢談民航界未來十年展望。

如封面所言，萬歷集團旗下的萬里航空公司剛完成一筆買賣，是航空界的大新聞。雜誌用了十幾頁篇幅，向讀者詳細介紹這架身價不凡的新機，文章搭配許多照片，展示新機的外觀與內裝，每張照片都有張雁鳴，半身、全身、側影、正面，他全身的行頭也絕對要價不凡。

萬歷的大總裁，全國首富張雁鳴是集團的第四代，一出生就是尊貴的少爺，長大順利接班，多數人都以爲他早該適應鎂光燈的照射，事實卻不然，再厲害的打光、後製都沒辦法完全掩蓋張大總裁面對鏡頭時的輕微彆扭，每一幀靜態影像，都拍出一張不太高興的臉。無論張雁鳴如何朝鏡頭扯動嘴唇，臉部線條看起來就是僵硬，笑意就是難以抵達嚴肅的雙眼。

連城一直都覺得這個現象十分有趣，好像鏡頭愛著張雁鳴，張雁鳴卻只煩惱著如何拒絕這份愛。

他舉起雜誌，盯著內頁照片，拿遠看又拿近看。雖然不是他偏愛的陽光可愛型，但是大總裁不僅相貌堂堂，身材也沒得挑剔，無論從哪個角度看都恰到好處，不能再增減半分。或許那是超高級訂製西裝的效果？衣服底下也一樣有料嗎？

連城想到幾小時後就能親眼見到總裁本人，在移動的交通工具上閱讀所造成的頭暈，似乎變得更嚴重了些。

張蝶語又在一旁催促他細讀雜誌裡的訪談，說是做功課的好材料。

連城沒有從命，除了易暈體質讓他只剩下看看照片的能耐之外，另一個原因是他壓根不覺得有什麼功課需要做。

畢竟萬歷張家在維基百科列有詳細資料，手機連上網路就什麼都查得到，就算沒仔細讀過也聽說過，更不必提各種媒體的八卦傳聞層出不窮，要完全不清楚萬歷張家的來歷反而困難。

萬歷集團的創辦人是張蝶語的曾祖父張居正。因爲和明朝著名的古人同姓同名，當年便以半開玩笑的心態，使用相關年號爲他的小生意註冊，卻在登記時弄錯了字，把曆誤寫爲歷，後來發現錯誤，再要更改已太過麻煩，只好將錯就錯，一直沿用至今。

而張居正的「小生意」，在個人才幹與時運的完美配合下，不斷成長擴張，跨向多個不同領域，包括最廣爲人知的萬歷金控、萬歷保險、萬里航空、萬里海運，較晚成立的萬能科技、萬象娛樂、萬禧國際連鎖飯店……等等，最終成爲今日的龐大怪物集團。

之後的第二代、第三代，能力遠遠不及創辦人，但還能守成。張蝶語的父親張延齡是第三代，也是現任董事長，沒有遺傳到祖父的經商長才，偌大的事業接到手上只覺得頭痛，於是早早結婚，努力生兒育女，期盼下一代快快長大，好讓自己早享清福。

張延齡連生了三個兒子，龍騰、虎嘯、鳳翔，殷切的期望一點都不含蓄地表現在命名風格裡。

繼承事業的兒子有了三個，夠用了，一心想要個可愛女兒的張延齡夫婦，第四胎依然是名男孩。那時兩人的心境已經不同，想要給四子一個自由的未來，讓他選擇喜愛的志業，於是挑了隻沒那麼張牙舞爪的鳥，取名雁鳴。

六年之後，在張延齡夫婦幾乎要放棄時，才終於盼到唯一的女兒張蝶語降臨。深覺人生圓滿再無所求的張延齡，多年後才遲來地發現子女們的發展沒有一個符合他的預想。

前三個兒子雖不蠢笨，也不精明，都是平庸之材，如果生在普通人家，配上一點努力和不太差的運氣，退休前最多就是個中階主管。他們都跟父親一樣，對家族的主力事業興趣缺缺，甚至引以爲苦。

反倒是么兒張雁鳴對經商擁有濃厚的興趣與天分，一路讀的都是相關科系，畢業後毫不猶豫投入家族事業，最終一肩扛起整個萬歷集團，幹得有聲有色，常被拿來與他的曾祖父相提並論。

張雁鳴的三名兄長，雖然沒有經商的頭腦，卻頗有自知之明，認得清現實，知道自己是怎麼樣的一塊料，小地方任性胡鬧難免，大事從來不爭不吵，樂於把大權交在能幹的弟弟手裡。他們身上都掛著萬歷旗下幾個事業的董事長頭銜，也是大股東，靠著小弟的努力，日子過得逍遙自在。

長男張龍騰，還不到五十歲，已過著等同退休的悠閒生活，滑雪登山飛行駕船樣樣來。他的妻子是門當戶對的大戶人家長女，歷經多次失敗才好不容易以試管方式產下一名男孩，今年四歲，乖巧可愛，夫妻倆愛若珍寶。

次男張虎嘯有過兩段婚姻，在一眾手足中最早升格爲人父，第一任妻子是大建商千金，不幸因交通意外早逝，留下當時未滿周歲的幼兒。

雖然周圍許多反對的聲音，張虎嘯還是再娶了兒子的保母爲妻。他的第二段婚姻剛邁入第八年，中間陸續誕下三名女孩，目前正備孕第四胎，似乎非再要一個兒子不可。

三男張鳳翔才剛在去年結婚，對象是經常在古裝劇中飾演仙女、妖精而走紅的女明星，年輕貌美，粉絲無數，忽然嫁入豪門，轟動一時。

除了掛名董事長，張鳳翔還是位作家，他在萬象娛樂旗下開了家名爲「萬萬不可」的出版社，以鳳三郎爲筆名，發行自己寫的靈異小說，至今已有一系列十來本著作。

張蝶語用過很多不好聽的字眼形容張鳳翔寫的小說三流，所幸每次新書出版，張雁鳴便幾萬本幾萬本大批採購，銷量因而不差。

連城住過萬禧飯店，在房間抽屜裡見到過其中一本。據說萬禧的每家分店每個房間，統統都有鳳三郎最新的作品。

「房裡擺那種鬼東西，飯店還能賺錢，簡直不可思議！」張蝶語對此十分不以爲然，「萬禧的總經理實在是不可多得的人才，我總是跟四哥這麼說。」

「憑良心講，你三哥的小說沒有那麼糟，作爲打發時間的娛樂讀物算是挺合格了。」

連城的良心評價換來張蝶語一記警告的眼神，意即——你可不要當面這樣胡亂鼓勵他。

連城笑了笑，轉了話題方向，「你四哥對自家兄弟滿好的，有情有義，很難得。」

「只要不來搗亂公司，他什麼都好、什麼都願意幫。」

連城點點頭，放鬆了些許。說不定總裁是眞的人很好，不是身爲總裁親妹妹的張蝶語自我感覺良好。

駛離繁榮的鬧區，交通變得順暢。進入市郊，上了山路，不太寬的單線道上終於只剩他們一輛車，飛馳過大片不見邊的綠意。

根據導航系統的標示，張家大宅就在不遠處，最多半個小時就會抵達。

興奮與緊張的情緒混雜著，連城的心跳微微加快了半拍，沒辦法繼續懶懶散散歪在座椅裡。他直起上半身，翹首往車窗外張望，等著他在照片裡見過幾次的建築物眞眞實實呈現在眼前。

「從這裡開始已經是我家的範圍了喔！」

張蝶語雖然這麼說，連城還是沒瞧出任何差異，道路旁一點標示也沒有。等到車子再往前駛出一小段路，才分辨得出草木修剪打理過的痕跡，蜿蜒的車道盡頭出現成排的矮樹籬，圈出一個極大的範圍，左右一眼望不盡。

樹籬裡，一棟三層樓建築矗立在遠處，大部分被高聳的樹木遮掩住，連城只能瞥見三樓的部分。此刻太陽西斜，整個樓頂樹梢被染得黃澄澄的，蓋過了大宅眞正的顏色。

靠近樹籬時，張蝶語的手機響了。她瞄了一眼來電顯示，在路邊停下車接聽電話。

連城聽了幾句，知道是公事。在農曆年假期第一天打電話過來，多半事關緊要，他不想在一旁造成干擾，更沒興趣旁聽。他做了個手勢，小聲用氣音說：「我先下車四處看看，妳慢慢來。」

他不確定自己的意思傳達清楚沒有，總之張蝶語點點頭，隨意揮了揮手，又專心去凶電話另一頭的倒楣鬼。

開門下車後，連城拎著旅行袋，裡頭裝著兩天份的衣物，慢慢踱進樹籬圈起的範圍內。

張家大宅是棟西式建築，樓層數不多，占地面積卻廣，外觀很是氣派。連城遠遠看著厚重的對開大門，想起從前遊歷歐洲，砸大錢準備入住老字號大飯店時的心情。相仿的期待與好奇，只是少了點興奮，多了些緊張。

缺少張蝶語的陪伴，若是遇見張家其他人，可不是什麼好開頭，因此連城不往主屋的方向走，而是踏著白色石板鋪成的小徑，逛進了庭院。

豪宅的庭院當然也是大尺寸的，水池花園長凳造型樹一應俱全，還有幾尊連城的世俗腦袋難以理解的前衛石雕。據張蝶語說，主屋後方有幾個正在進行的工程，年後要養牛羊雞鴨，甚至有個馬廄，全爲了滿足孫少爺、孫小姐們的願望。

庭院很靜，連城的步伐悠閒，沿途賞玩著不認識的各種花草。偶然抬頭，一片白色屋角從主建物側面露出來。他好奇地繞路過去，見到一座白色涼亭，柱子和棚頂爬滿了開著雅致淡黃色小花的綠色植物。

有聲音從涼亭附近傳出來。

Chapter 03

連城停下腳步，遠遠見到兩個小小身影，大一點的大概是小學低年級生，小的頂多是幼稚園幼幼班年紀，都是男孩。兩個小傢伙協力合作，四隻短手抓著一座鐵梯，拖拖拉拉進了涼亭。

鐵梯？

連城眨眨眼，確認自己沒有眼花，又迅速掃視四周，並未見到其他人影。

他不知道那兩個小傢伙是如何從大人眼皮底下弄到鐵梯的，但是他可以料想得到，他們的下一個舉動八成會搞出一起要送急診室的災難。

連城嘆了口氣，往涼亭邁開步伐。自從姊姊產下三胞胎，自己升格爲舅舅之後，他對全天下的小孩不知不覺都多了好幾分關心，不想提前見到任何張家人的計畫終究只能放棄。

小男孩們很忙，沒有注意到靜悄悄接近的陌生人。經過一番折騰，兩人立好了鐵梯，較大的那一個踩上兩階，低頭對小幼幼下達指令，「你是小孩子，不能做爬梯子這種危險的事，你負責幫忙扶著梯子，懂嗎？」

幸好不是笨蛋，還知道這種行爲危險。連城想起自己的童年，姊姊也經常嫌棄他年紀小，禁止他做各種事情，而他從來沒服氣過，總是要反抗，試著去做所有被禁止的事。

但是眼前這個小幼幼只是抬起一張小圓臉，雙眼眨著崇拜的光芒，連聲應好。

自認不是小孩，能做爬梯子這種危險的事的小學生，三兩下爬至鐵梯最高的一階，身手矯健得出乎意料。他攀著梯頂伸長手，似覺高度不足，一會兒又把手縮回來改抓著梯子，右腳顫巍巍地抬起，似乎打算站到梯頂上。

連城皺起眉頭，幾步趕過去，雙手分別拎住小男孩的衣領和褲腰，將人提了下來，穩穩放落在地面。

小男孩發出短促的驚叫，仰頭見到一個陌生人抓著自己。

短暫的訝異過去，怒火騰騰燒了起來，他大吼，同時奮力掙扎，「你是誰？幹麼抓著我？快點放開！放開！我警告你喔，再不放開，你就慘了完蛋了後悔也來不及了！」

連城本來是要鬆手，聽見小傢伙的警告，忽然想知道是怎樣的慘了完蛋了，於是重新收緊了手掌，偏不放人。張蝶語說他幼稚，可不是隨便亂講的。

「放開的話，你是不是又要爬上去，跌斷那雙小短腿？不行不行。」

小男孩漲紅了臉，「你、你才短腿！爺爺奶奶都說我只是禮讓別人，晚一點才長高，很快我就會坐到教室的最後一排！」

「好、好，我看走眼，我才是短腿。」連城忍著笑，「你用你的未來長腿爬上梯子想幹麼？」

「你不會用眼睛看啊？」

小男孩抬手一指，連城的視線跟著往上轉，赫然見到十來隻蝙蝠，黑壓壓一片倒掛在涼亭屋頂下，安安穩穩睡得香甜。

「蝙蝠？」連城在都市長大，從來沒在動物園以外的地方親眼見到這些夜行生物，聲音裡透出一絲驚訝。「你家大人知道你在騷擾無辜的動物嗎？」

「廢話，」小男孩雙臂交疊在胸前，傲慢地抬起下巴，「我說要寫自然作業，他們很高興啊！」

連城瞇起眼，「他們沒有問清楚作業的內容，你就順勢省略了細節，是吧？」

小男孩歪起一邊嘴角笑著。

這個傢伙絕對是張家的孫少爺，連城百分之百可以確定。那副洋洋得意的欠揍德性，他在張蝶語的臉上看過太多次了。

血緣眞是可怕的東西。

老實說，連城也不希望太粗暴地扼殺小朋友的好奇心，或求知欲，或任何其他讓他們干願千辛萬苦拖著梯子搞危險特技的動力。他看了看蝙蝠群，又看了看兩位孫少爺。

「說眞的，我一點都不反對你們觀察野生動物，但是伸手亂摸亂抓可不是好主意，萬一被咬傷，你很可能會得到狂犬病。」

小男孩收起笑容，表情裡摻進了些許懷疑與不耐煩。

「你是照顧動物的叔叔嗎？」一直仰著臉蛋，安靜觀看兩人互動的小幼幼睜大眼睛，拉了拉連城的衣袖，「爺爺說你們會來幫我們照顧很多很多的動物！」

連城愣了一下，低頭看看自己的登山鞋、連帽衫和牛仔褲。爲了長途乘車的舒適，他把體面的好衣服收在旅行袋裡，打算抵達張家大宅後再趁晚餐前換上，現在身上穿的都是跟隨他多年的舊衣物，外表看上去的確像個長工。

「照顧動物的叔叔，我的烏龜不開心，你可不可以看看牠？」

大孫少爺翻了個白眼，「別傻了，烏龜就是一隻……烏龜！牠沒有心情。」

小孫少爺微微噘起嘴，「牠有！」

「才沒有！」

「就有！就有！」

「好了好了，不要爭，讓我上網拜一下辜狗大神就知道——」連城分心用另一隻手去掏口袋裡的手機，抓著大孫少爺的那隻手略微一鬆，大孫少爺立刻從他的掌底掙脫，竄上鐵梯。

有那麼幾秒鐘，連城很想袖手旁觀，讓小笨蛋被蝙蝠咬一次，受個教訓。他在腦中享受了片刻不聽勸的笨蛋小孩事後悔恨的模樣，然後嘆了口氣，再次伸手抓人。

有過前次的經驗，大孫少爺這回沒那麼容易就範，他擺動四肢拚命掙扎，過程中鐵梯不慎被踢倒在地，發出刺耳巨響。

瞬間失去立足點，大孫少爺的反應倒是不慢，轉而攀住連城，手腳並用爬上他的背，像隻猴子般靈活。

「嘿！哪裡跑出一隻野生猴子？」連城誇張地嚷著，「不好了，我的背上有隻猴子！不好了啊！」

「我也要！我也要！」

小幼幼高聲大笑，興奮地撲過來湊熱鬧，小短腿一躍勾住連城的腿，雙手拉著連城的褲腰，掛在他的下半身。

連城急忙空出一隻手提住褲腰，小心不讓任何一個小孩或褲子掉下來，嘴裡不斷嚷著猴群可怕。他是三胞胎男孩的舅舅，不是第一次身上爬滿精力旺盛的小野獸，陪小孩遊戲玩鬧的經驗堪稱豐富，並不怎麼驚慌。

但是大孫少爺可不覺得這是遊戲，他氣鼓鼓地揮舞雙手，指揮連城這座人肉梯子往前行，朝蝙蝠的位置靠近。

「糟糕，小猴子們太重了，我要摔倒啦！要摔倒啦！」連城偏偏不從命，一連倒退好幾步，同時雙手分別抓牢了兩位孫少爺，在安全的範圍內左右搖晃。

在小小孩興奮的大笑聲中，連城轉了個大圈，轉到一百八十度時忽然煞住，一上一下兩個小傢伙也止住了笑聲叫聲，三個人齊齊望向涼亭外的某個人影。

連城差點沒認出眼前的男人。

他和影片照片裡見過的不太一樣，少了要價六位數的訂製西裝和義大利手工皮鞋，取而代之的是柔軟的灰色立領針織衫，外面套著的黑色長外套也是同樣材質，寬鬆的卡其褲褲腳在短靴上緣不太整齊地捲了兩摺。他沒有梳起嚴肅的背頭，頭髮上沒有半點造型品的痕跡，髮絲自自然然散在前額，稍微蓋住部分眉毛，一副精巧的銀框眼鏡跨在鼻梁上，看不出是爲了好看還是功能。

他的表情算不上有笑容或親切什麼的，不過嘴角眉梢的線條比面對鏡頭時要柔和不少。

搞不好是認錯人了，連城正自我懷疑時，兩個小傢伙手腳俐落地從他身上爬下來，朝男人喊著小叔叔。

噢，眞的是張雁鳴，那位萬歷的大總裁！

連城不自覺站挺了一點。

「我是野生的小猴子！」小孫少爺笑嘻嘻撲到叔叔跟前，抱住對方的腿，仰起紅通通的興奮小臉。

張雁鳴垂下視線，伸手在小侄兒的頭上揉了揉。

「小叔叔！你們雇的這個人——」大孫少爺則對連城抬起小短手指控道，「都不聽命令，要他做什麼，他就……就不做什麼！」

張雁鳴順著小孩的手指抬起視線，看向連城。

「照顧動物的叔叔下個月才會來。」

連城還在分神想著另一件無關緊要的事——爲什麼總裁的眼睛隔著鏡片依然明亮得不可思議，兩名孫少爺已迅速竄至總裁背後，驚恐大叫，「是綁匪！」

什、什麼？連城回過神來，也大吃一驚，「不、不不不！我才不是綁匪！」

這算哪門子天外飛來的轉折？

大孫少爺從張雁鳴背後探出頭，朝連城擠眉弄眼，「綁匪當然不會承認自己是綁匪。」

是啊，小鬼頭別擔心，就算眞的遇上綁匪，綁匪不到半天就會急著把你送回來了！

可惜總裁叔叔在場，這段話連城只能憋在心裡。

「好了，別胡鬧。」張雁鳴拍了拍侄兒的肩膀，把他們從自己身後趕出來，「這裡沒有綁匪，只有兩個穿得不夠暖的小朋友。晚上溫度會降，趁天還沒黑，你們快進屋裡去吧。」

兩個小傢伙很聽叔叔的話，一路小跑步奔回屋子，從涼亭的角度可以看見他們消失在主建物的一扇小木門後。

周遭終於靜下來，連城深覺有必要再次澄清，「我知道我不應該擅自接近他們，但是我眞的沒有任何不良的意圖——」

總裁搖搖頭，舉起一隻手阻止他繼續說下去。

「小孩子口無遮攔，請不要放在心上。」張雁鳴緩步踱進涼亭，仰頭望向仍然睡得香甜的蝙蝠群，「謝謝你出手干預，沒讓他們傷到自己。我本來該說我回頭會加以管教，只是說到教養的資格嘛……」

他歪了歪嘴角，把話停在這裡，沒有多做解釋。

連城不至於蠢到追問下去，一時之間又不知該如何反應，便也抬起頭，試著對頭頂上那群黑壓壓的生物產生興趣。

說不定這是個好話題？

「這是我第一次在民宅見到蝙蝠，你對牠們很熟悉嗎？」連城用眼角餘光偷瞄總裁。

張雁鳴沒有立刻回答，而是微側著頭，考慮了一會兒才發話：「我說服家母不要趕走牠們，救治過受傷的幼蝙蝠，偶爾返鄉回家就過來看上幾眼，大概已經有三、四年了吧？這樣算熟悉嗎？」

「算吧！至少裡頭有一隻黑黑毛毛的小東西受過你的救命之恩。」連城扭動頭頸，嘗試看清楚個別蝙蝠的長相，「哪一隻呢？」

張雁鳴咬著下唇，搖搖頭，「我……我不知道。搞不好牠根本不在裡面，我甚至不確定這一群和去年、前年的住客是不是同一批。」

「我懂、我懂！牠們在我眼裡也是每隻都長得差不多，全都那麼……黑，那麼……多毛。」連城笑著自嘲，「糟糕，形容動物的詞彙太貧乏，是不是沒辦法成爲照顧動物的叔叔？」

張雁鳴微微彎起嘴角，靜靜地笑了，笑容讓原本就英俊的一張臉變得更加好看。

連城盯著張雁鳴的側臉，對於是自己促成了那樣的表情變化感到不可思議。他做到了那些價值不菲的厲害鏡頭辦不到的事嗎？

「想要應徵工作？」

對方語氣輕鬆，連城也跟著說笑，「就怕孫少爺們不願意雇用綁匪。」

「……你似乎對小孩子很有一套。」

連城聳聳肩，「我有三個外甥，和小孩相處並不陌生。」

張雁鳴終於把視線從蝙蝠身上移開。

原先的淡淡笑意已然消失無蹤，他的目光變得銳利，甚至嚴酷，毫不遮掩地將連城從頭到腳打量過一遍，像在搜尋什麼不對勁的地方。

或許天色漸晚後，氣溫確實下降了，連城忽然覺得有點兒冷。

「你不是記者吧？希望你身上沒有暗藏攝影鏡頭。我得先作出警告，公開我的晚輩們的任何聲音影像，都要面對非常嚴重的後果。」張雁鳴沉聲說。

連城意外極了，他壓根沒往那方面想。

「不，當然不是！我跟媒體沒有關係，更沒有拍照或錄影。你要是不放心，儘管檢查。」連城說著便從口袋掏出手機遞過去。

張雁鳴沒有伸手去接，表情和肩膀線條明顯放鬆下來。

「抱歉，是我唐突了。我們不歡迎不請自來的媒體，通常他們也不會大老遠跑來這裡。」張雁鳴話聲停頓了下，換上較爲溫和的語氣，「不過，偶爾倒是有遊客誤闖。外面並沒有明顯的標示，穿過這裡也的確是條捷徑。」

「不，我、我其實——」

「別緊張，我沒有責怪的意思。」張雁鳴截住連城的話，朝他招招手，微微一笑。

這次總裁是正臉對著他笑，感受更加震撼，連城原本打算要說的話一下子又統統不見了。

「來吧！」

連城呆呆地問：「去哪裡？」

「只靠一雙腿，要在天黑前下山是不可能的。我開車送你，比較安全。」

由於過於驚訝，連城慢了兩拍才反應過來，卻見總裁已轉身走出涼亭。他急忙追上，想要解釋，「啊，不是的，我——」

張雁鳴走沒幾步就停了下來，連城差點一頭撞上去。他穩住腳步，順著總裁定住的視線望過去，張蝶語正沿著石板小徑走來。

「你們幹麼躲得這麼遠？害我差點找不到人！」

張蝶語笑得燦爛極了，剛結束的那通公務電話想必談得十分順利。她來到兩人面前，投給連城意味深長的一眼，雙眸閃亮亮的，像個登上舞台的大明星，決心演出一場精采好戲。

接著她伸手勾住連城的臂彎，連城倏地感到全身僵硬，一股寒氣竄上背脊。他說不上來為什麼會有這種不妙的感覺，或許是因為張雁鳴的表情也同時僵住了。

「……你們認識？」張雁鳴疑惑地蹙起眉。

「眞是的，你們還沒有互相介紹啊？」張蝶語好笑地嗤了一聲，身體朝連城挨得更緊了些，連城也莫名變得更緊張了些。「他就是連城，我的男朋友。前幾天在電話裡跟爸媽說過，要帶他回來給大家看一看，他們沒告訴你嗎？」

「我剛回來，爸媽出門去了，還沒有見到面。」

「難怪你會這麼意外！」張蝶語吐了吐舌頭，笑咪咪轉向她的假男友，「這是我四哥，張雁鳴張大總裁，應該不用多介紹吧？你在雜誌電視等媒體上見過很多了。」

在張蝶語熱切的注視下，連城盡力堆起笑容，與張雁鳴匆匆握手，簡短說了些空泛的問候。

連城很想多解釋幾句，但是張雁鳴的手撤得很快，說自己有事要忙得先離開時，表情也有些僵硬，語氣充滿距離感，的確是在各種媒體上見得很多的那個嚴肅大總裁。

連城隱隱覺得自己搞砸了，但他實在不確定自己到底是怎麼搞砸的？

Chapter 04

「所以，你和四哥聊了幾句關於小孩子的事。」

「沒錯，那時氣氛還不壞。」連城點頭。

「然後你澄清自己不是記者。」

「因爲他問了。」

「四哥又以爲你是迷途的旅人，你仍然沒有表明自己的眞實身分。」張蝶語帶了點批判意味地瞅了他一眼。

「『眞實』這兩個字在今天的狀況有很大的討論空間。」

「從外人的角度看，你就是故意隱瞞眞實身分，假裝成另一個人，試著想要對四哥達成什麼目的，太像個心機深沉的騙子，難怪他臉色不好看。」

「是這樣嗎？」連城怎麼覺得好像不只是這樣？

「當然是這樣，四哥可討厭別人騙他了。」

「那不正是我們的企圖嗎？隱瞞我眞正的性傾向，假裝我和妳是男女朋友，欺騙妳家所有人，包括大總裁在內啊！」

「噓、噓！小聲點！」

「我以爲搭電梯就是爲了盡情討論我們的『奸計』？」連城做了個誇張的手勢，

笑道：「害怕操作電梯的小妖精們聽見嗎？」

「搭電梯是因爲客房就在電梯門邊，可以避免『再次』提早遇見其他人。」

張蝶語率先走出電梯，迎面就是往左右延伸的二樓走廊。她打開右首第一道木門，將連城推進房間。

「準備好就直接來隔壁房間找我，不要又胡亂走動。」

「不是我的錯，那也不是胡亂走動！」連城忍不住抗議，然而房門早已在他面前迅速關上。

✦

半個小時後，連城踏進張蝶語的房間，清爽體面，刮過鬍子，梳整過頭髮，穿著襯衫吊帶西裝，沒有領帶皮帶，正式中帶點休閒；不抹古龍水，只用香味更淡的鬍後水——以免太性感騷包，張大小姐是這麼指示的。

「再給我兩分鐘。」張蝶語坐在窗邊的寫字桌前，頭也沒抬。

大小姐可不是在梳妝打扮，而是快速敲擊著筆電鍵盤，螢幕上密密麻麻都是字。

又在辦公，連城一點都不意外。

張蝶語的房間和他暫住的客房格局相似，氛圍卻大相逕庭。客房是讓人心情寧定的暗藍色調，搭配穩重高雅的原木家具，這裡卻充滿白色桃色粉紅色，蕾絲絨毛閃亮亮水晶裝飾，是夢幻到不行的公主風格。

連城看過張蝶語小時候的照片，她的確有被打扮成可愛小公主的一段時光，但那已經是很久很久以前的事了。

「真意外妳長大後沒有改變房間的陳設。」

張蝶語的房間布置美則美矣，就是和主人格格不入，完全不搭調。

「我爸媽喜歡想像我還是個天真可愛的小女孩，反正我平常不住這裡，就隨便他們囉！」

張蝶語又打了幾行字，送出文件，才終於甘願闔上筆電。

她起身伸展了一下雙臂，眼望連城，點點頭，「不錯，滿帥的。」

「謝謝，妳也美得很啊！」連城微微一笑。

「微笑很好，輕浮的語氣不行！」張蝶語搖晃手指，另一隻手叉在腰上，「等會兒見到其他人，記住只要回答問題，別主動開啓話題，盡量面帶微笑，我們需要補救你在四哥那裡造成的損害！」

「只怪我一個人不公平。」

「不然該怪誰？」

「難道妳出現的時機不是爛透了嗎？要是多幾分鐘時間，我一定可以把誤會解釋清楚。」

「鬼才相信，你只會繼續對四哥說出更多蠢話。」

「我們聊蝙蝠聊得好好的，再加把勁說不定就能參觀他的蝙蝠洞了。」

「四哥平常不住這裡，他的蝙蝠洞也不會在這裡啦！」

兩人邊走邊鬥嘴，下樓來到起居間，張家大哥二哥兩對夫婦都在。

張家的長男次男相差兩歲，年紀都是四十多，熱愛戶外活動的大哥張龍騰膚色曬得深，體格精實；膚色偏白的張虎嘯書卷味重，寡言內斂，必要的招呼之後，談話都交給兄長與大嫂。張虎嘯的妻子高美君更甚，從頭到尾掛著溫婉的笑，一句話也沒說。

小妹帶男朋友回家的消息顯然傳開了，四個人見到連城都沒有任何驚訝的表現，只客客氣氣問他們路上是否塞車？覺得這附近環境如何？客房有沒有什麼欠缺？

連城早和張蝶語說好，在對方主動要他改口前，遇見兄嫂一律稱呼張董、夫人。

唯一的例外是大嫂鄭寶妍。雖然萬歷長媳的頭銜總是最先被提起，事實上她還是個出色的生意人，在娘家有一份自己的事業，儘管規模不及夫家，但她經商的頭腦和熱忱卻是大勝丈夫。

因此，連城刻意叫了聲鄭董，而不是夫人。

鄭寶妍的眼睛一瞬間亮了起來，「今天這種場合，跟著小蝶叫大嫂就可以了。」她話說得客氣，眉眼間傳遞出的好心情卻是掩蓋不住，「希望哪一天眞的能當你的大嫂。」

連城遵照張蝶語的囑咐，只微笑回應，暗暗在心裡祈禱千萬不要有那麼一天。

「聽說我那個超級難搞的老妹帶了男朋友回來，真的假的？」

眾人的視線都往樓梯口那個話聲太響亮、太快活的男人看去。

張鳳翔踩著輕快的步子，幾乎像跳舞般走下樓梯。他打扮得十分花俏，像隻孔雀……喔不，不只是像隻孔雀，連城差點伸手去揉眼睛，好確定張鳳翔的外套下襬是否真做成了五彩斑斕的孔雀尾巴設計。

他看見連城，咧開嘴笑，「啊，就是你嗎？」

張蝶語翻了個白眼，「這個不值一提的傢伙是我三哥張鳳翔，知道名字就好，其他都不重要。」

張鳳翔哈哈大笑，一面和連城握手。

他很熱情，在所有手足裡說話最多。連城有備而來，知道張家老三最自豪的就是其作家身分，開口便進入粉絲模式，大讚對方的文字如何幽默易讀，劇情如何引人入勝，讓人每次翻開書頁便停不下來，非整本讀完不可。

張鳳翔聽得開心，問起連城最喜愛哪部作品。

連城連一秒鐘都沒有猶豫，「絕對是《湯鍋中哭泣的人臉香菇事件》！主角李博士同時也是我最喜愛的角色。如果藉這個機會表達心願不至於讓您太困擾的話，我真的很希望將來能讀到更多李博士的故事。」

張鳳翔一隻手掌按在左胸口上，驚詫地倒抽了一口氣，「他正巧是我下一本書的主角！」

「眞的？」連城也很驚訝。

「稿件已經完成，昨天剛送到編輯手裡。」張鳳翔瞇起眼笑，「難道是你我靈犀相通，還是小蝶急著想知道劇情，偷偷看了我的電腦？」

「拜託，」張蝶語作勢欲嘔，「不論哪種假設都要讓人噁心死了！」

連城微笑著說：「或者，您今天遇見了李博士的頭號粉絲。」

「我喜歡這個說法。」張鳳翔親熱地攬住連城的肩膀，「答應我，下本書出版時可別花錢買，我要親自送你！」

「不、不，還是要再買兩本，一本收藏一本推廣，一本拿在手上細細品味。」

語畢，兩人一起大笑。

張蝶語實在無法再聽下去，胡亂找了藉口拉走連城，即使張鳳翔的明星妻子苗芊芊終於飄下來加入談話，也不讓他過去打聲招呼。

連城揚起眉，「怎麼回事？」

他其實知道是怎麼回事，但是聽好友親口抱怨就是很有趣。

「我爸媽馬上會到，我可不要他們正好聽見你說什麼人臉香菇……話說那到底是什麼鬼東西？」

「是這樣的，在某家非常熱門的連鎖火鍋店——」

張蝶語發出哀號，「我不是眞的想知道！」

連城笑了起來。

作爲一家之主的張延齡夫婦此時終於現身，帶著孫兒孫女一共五個小孩，每個都是精心打扮過的少爺千金模樣。

連城一下子被淹沒在新出現的姓名堆裡。

已經見過面的兩個男孩是張曉峰和張遠溪，今年夏天要上小學的張海桐是張虎嘯的長女，張雲杉和張雪松是一對雙胞胎女孩，年紀最小。

連城一面忙著將名字和臉孔湊對，努力記憶，一面說著一些初見幼童時的標準好聽話。孫少爺孫小姐們也眨著好奇的大眼，喊他一聲連叔叔，包括那隻在家人面前裝乖一流的小猴子張曉峰。

連城覺得自己和張家二老的首度交流堪稱順利，或者說早在見面前，張蝶語在電話中提起他的姓名時，就打下了不錯的基礎。

張延齡一開口就稱讚他有個價值連城的好名字，一併大讚連城家長的品味。聽連城說到命名的父親已經過世，直嘆可惜，還說很希望認識對方，遺憾的口吻聽起來相當眞誠。

張延齡甚至要連城走在他身邊，一同進到飯廳。

以張家的人數和整間屋子的華美風格來看，飯廳的尺寸與裝潢不算什麼稀奇。

不過，連城本以爲會見到大圓桌，桌上或許還有個大圓盤，滿漢全席擱在上頭讓大家轉來轉去。迎接眾人的卻是張西式長桌，包含四把兒童餐椅，總共十六個座位，每個座位都鋪排了氣勢驚人的餐具大軍，在燈光下閃著恐怕是純銀的柔和光澤。桌面鋪著淡金色桌巾，中線位置等距擺了三盆花，從容器到花朵都是應景的大紅色，雜以元寶竹子之類的應景裝飾。

連城驚訝地發現自己帶來的伴手禮也在其中。之前他還擔心挑的盆花不夠盛大，擺上餐桌倒是尺寸適中，喜氣洋洋，又不至於遮擋視線，輔以正上方水晶吊燈的加持，紅豔豔閃亮亮地，看上去頗爲體面。他感到大大鬆一口氣。

趁著兩位老人家忙著對小孩子的位子表達意見，張蝶語挨到連城耳邊，小聲說：「我媽嘴刁，餐點要經常變換，年夜飯的傳統中菜不能改，前一晚就得吃西餐。」

連城不介意晚餐的內容，他比較在乎的是這頓飯的排場，依餐具的齊全度來看，整套餐點吃下來，三個小時大概跑不掉。他眞後悔剛才沒先喝杯特濃黑咖啡提神。

他在被指定的主客位子坐下，抬起頭，意外對上了張雁鳴的視線。

大總裁的打扮和剛剛稍有不同，沒戴眼鏡，換穿了高領毛衣和全黑西裝，劉海梳向側後方，彎成一個精巧的弧度。儘管連城更願意和前一個版本的總裁打交道，但是他得承認眼前這個男人非常吸引人，或許嚴肅了點，配上偏冷的神情卻是恰到好處。

連城完全不知道張雁鳴是什麼時候出現的，更不明白爲什麼他要像忍者一樣神不知鬼不覺地出沒，還用那道因爲缺少鏡片阻隔而變得更加犀利的視線打量著自己。

快點說些什麼吧！連城催促自己。

爲了修補早先的失誤，說什麼都比尷尬的沉默好啊！

於是他說出了腦中閃過的第一個想法，「沒戴眼鏡比較凶呢。」

……好吧，顯然並不是說什麼都好。

空氣可能凍結了幾秒鐘，然後張雁鳴皺起眉頭。

連城急忙補救，「我的意思是，你的雙眼炯炯有神，很有魄力！你知道，就是、就是在你視線的另一端會有壓迫感，彷彿被蛇盯上的青蛙……啊，不，不是真的像蛇，絕對不是！要不然，你會比較喜歡章魚和螃蟹的比喻嗎？哎喲！」

張蝶語抬起手肘狠戳了下連城的肋骨，他沒有防備，哀叫一聲。

張鳳翔笑了出來，「好凶，談戀愛也沒有變溫柔嘛！」

他的揶揄引來好幾個贊同的笑聲，包括張家二老在內。

張蝶語立刻回嗆張鳳翔，一陣熱鬧的兄妹拌嘴分散了眾人的注意力。

連城感到無比慶幸，大家似乎只注意到張蝶語的大動作，沒聽見他都說了些什麼鬼。他悲痛地在心裡承認，張蝶語是對的，給他更多時間，他真的會對總裁說出更多蠢話。

張雁鳴倒是很安靜，看著桌面不知道在想些什麼。連城忍不住又要向他吐露出更多不恰當的心聲，卻見他忽然低下頭，摘掉了隱形眼鏡。連城驚訝地閉上嘴，呆呆望著他從衣袋掏出方才在涼亭裡戴著的那副銀框眼鏡，架上鼻梁。

然後張雁鳴抬起眼，用一種連城認爲應該保留給董事會的嚴肅態度，問道：「覺得自在一點了嗎？」

連城點頭如搗蒜。

Chapter 05

在這種場合下，連城當然絕無可能覺得自在，漸入佳境或許是更恰當的說法。

當美食一道接著一道上桌，味蕾和腸胃都受到妥善的照顧，四周開始出現輕鬆的談話聲和笑聲，連城的確慢慢回復應有的社交水準，每當面對總裁就莫名其妙大幅減弱的應酬能力也終於找了回來。

孫輩裡只有已經上小學的張曉峰吃的是和大人一模一樣的餐點，他坐著加放了厚坐墊的同款高背椅，儘管年紀小手短，用餐禮儀卻一點都不馬虎，安靜乖巧，連城不覺有些佩服。

有趣的是，張曉峰投過來的視線在詫異中也有幾分類似的欽佩，似乎也對連城抱持同樣的看法。

不只是張曉峰，其他人給連城的注目更沒有少過。

先是身爲女主人的張老夫人殷勤邀請他多待幾天。連城道了謝，解釋自己年節行程緊湊，除夕返鄉，初一回北部的家，初二餐廳就得開工，農曆新年期間是數一數二忙碌的時節。

說到連城的餐廳，所有人都很感興趣，從創業至今日的種種、將來的規劃，什麼都問，什麼細節都想知道，好像他們是餐廳的股東，連城需要給他們一個清楚的交代。

審查完事業，話題自然延伸到連城與張蝶語的相識與交往。

連城沒有憑空杜撰故事，他們早就商量好全套說詞，改編自真實經歷，只多添了告白的段落，再把幾次朋友間的聚會出遊，修改成兩個人的甜蜜約會。

了解了交往過程，緊接著便是最重要的身家調查。家裡還有哪些人？都做什麼工作？什麼職稱？手足結婚沒有？幾個小孩？姻親又是什麼樣的人？

連城的家世背景單純，統統照實說了。

一開始，張家二老對於他是單親、沒有兄弟的家庭結構有些遲疑，之後發現他的母親和姊姊一家已定居海外多年，將來並無返國長住的打算，頓時表情倏變，露出滿意的微笑，一點都不掩飾心裡轉的是什麼念頭。

張蝶語說得不誇張，三十歲果然是個門檻，她的父母眞的急，明擺著就是在檢驗連城作爲女婿的資格。張蝶語好幾次開口打岔，企圖轉移話題，或是擋下太過隱私的探問，都沒收到什麼效果。

不擅社交的小畫家大概在半小時前就已奪門而出，搶一台腳踏車衝下山去了。

是的，小畫家不會開車。

連城倒還能應付，除了他是冒牌男友，背負的心理壓力較小之外，另一個主要原因是他天生喜歡與人交際往來，對自己至今三十年的人生也有一定程度的自信。即使他的事業在萬歷張家成員眼中小到不值一提，這些含著金湯匙出生的天之驕子，對白手起家這種他們永遠不可能體驗到的事多少存有幾分敬意。

就像張蝶語說的，論作爲女婿的資格，連城搞不好贏過不少養尊處優的世家少爺們。

從張家二老一餐飯下來的神情變化、語氣轉折來看，張蝶語似乎眞沒料錯。一部分也要感謝張雁鳴沒有加入審問，讓連城得以正常發揮。

張雁鳴一直沒有抬眼看他。

不過連城也無法百分之百確定，因爲他自己也不敢多看對方。

只是連城的目光每次偶然擦過，總是看見那副銀框眼鏡從張雁鳴的鼻梁滑落，然後又被一根修長的手指推了回去。

連城必須很拚命才能忍住不開口拜託對方戴回隱形眼鏡，或是做出更糟糕的舉動——一把將那副顯然需要維修的眼鏡搶過來，親自幫忙調整。

最後一道甜點上桌時，已經是幼兒組從餐桌上撤退一個多小時後的事了。每個人都花了點時間享受一併送上來的飲品，飯廳內難得迎來片刻的靜默。

連城啜了幾口此生品嘗過最香醇的焦糖瑪奇朵，心滿意足。

張蝶語的荒謬計畫執行得很順利，實在出乎意料。他心中不禁充滿希望，想著也許今晚會有個圓滿的結尾。

「有些話，我想還是說在前頭的好。」張延齡的指頭輕敲桌面，眼望連城，下結論般鄭重地說：「我們對小蝶這個唯一的女兒，就是寵，盡所有能力地寵還覺得不夠，將來她的夫婿在這方面也絕對不能馬虎。小蝶被當成公主養大，婚後就是個貴婦，不是去當女傭、當看護的，你明白吧？」

如果不明白，或者辦不到，就趁早知難而退，滾到一旁涼快去。連城當然聽得懂。

他用力點頭，一臉誠懇。反正他又不是張蝶語眞正的男友，空頭支票可以隨便開。

「將來如果眞有那麼一天，我絕不敢讓您失望。不過，我們還沒有談到結婚那麼遠的——」

「誰說要當貴婦了，我有工作耶！」張蝶語不太爽快地插嘴。

老夫人皺起了眉頭，「那個工作婚前玩玩就算了，婚後可得辭掉。妳看看妳的朋友親戚，誰結了婚還工作？像話嗎？如果需要錢，連城做的是餐飲，我看就把萬江樓給他們吧！」

她最後一句話是對小兒子張雁鳴說的。

萬江樓是萬歷旗下的高級餐廳，有米其林星星的！

連城大吃一驚，搶在總裁回應前，急道：「我們眞的還沒有談到結婚那麼遠的事！」

「萬禧不是有個海島度假村的計畫？」大董夫人鄭寶妍也笑咪咪加入談話的行列，無視連城的澄清，「如果開幕能趕上婚禮，不正是最好的宣傳嗎？婚宴結束後，度假村作為小倆口的結婚禮物又夠體面，一舉兩得。」

「我們還沒有結婚的打算啦！」張蝶語終於發現話題的走向不對，但也同樣遭到忽略。

「不錯，寶妍的提議不錯！量身打造的全新場地才配得上我們家小蝶。」張延齡一下子欣喜，一下子又微微蹙眉，「要趕緊通知他們，場館得設計成適合的主題，太普通是不行的。」

「當然是蝴蝶最適合。」

「不只主場館，每一棟小屋都該更換主題。」

「改叫萬蝶島嗎？」

「萬蝶島？是要跌倒幾次？」

「我建議改叫萬萬不能跌倒！」

除了當事二人和始終未出聲的張雁鳴，其餘眾人你一言我一語、半認眞半說笑地討論，雜以陣陣笑聲。

愉快的氣氛中，冷不防有個嬌滴滴的聲音問道：「可是，不會太多嗎？又是餐廳，又是度假村，他們的小孩又不姓張。」

飯廳再次陷入的靜默充滿了尷尬與錯愕。連城一時忘記自身的困境，也和其他人一同看向說話的三董夫人苗芊芊。

對於忽然投過來的關注視線，苗芊芊似乎很困惑，那雙彷彿永遠沒睡飽的迷濛美眸在眾人臉上轉了一圈，完全沒有意識到自己那番話有何不妥。

連城聽說過演藝圈的傳聞，苗芊芊講話容易得罪人，因此從來不參加需要臨場反應的節目；張蝶語也向他抱怨過新嫂子說話不經大腦。原來，這不是謠言，更不是偏見啊！

「我還沒同意要收下。再說，這關妳什麼事？」張蝶語可不是什麼和和氣氣的友善人物。

「別那樣跟我老婆說話。」張鳳翔馬上跳出來捍衛妻子。

「先叫你老婆管好自己的嘴巴。」

「她只是提出一個合理的疑問。怎麼，連問都不能問？」

「明明是多管閒事！」

「夠了，不是你們幾個可以決定的事，吵也沒用。」總裁說話的聲音不大，語氣平淡，但是效果奇佳，兄妹倆立刻停止爭鬧。

連城瞥見鄭寶妍掩嘴偷笑，苗芊芊仍然一臉不解，二董夫人高美君自始至終專注拿著小匙攪拌面前的飲料，不參與其中。

張雁鳴頓了頓，又說：「當事人不是說了還沒談到婚事嗎？」

總算有人聽進他說的話！連城感動不已，試著把感激透過眼神傳達給對方。

但是張雁鳴還是不看他。

「以前沒談，可以現在趕快開始談啊！及早計畫，才能面面俱到，我們家寶貝女兒的婚禮可得辦得風風光光，不能有半點不完美。」

連城懷疑老夫人憾恨的表情是因爲想起了張蝶語的表姊妹，她們一個不剩，全部已婚，婚宴都搞得極其盛大。

連城打算跳針到底來應付，張蝶語卻搶先他一步。

「你們說要認識連城，我同意了，人也帶來了。結果呢？一頓飯搞得像陷阱、像突襲，想嚇死誰？幹麼那麼急？你們女兒沒人要嗎？你們是不是覺得我沒人要？是不是？」她氣勢洶洶，就差沒伸掌拍桌子。

女兒發脾氣，兩老都緊張起來，老夫人辯解時的語調甚至帶著點委屈，「哪、哪有？我們又不是那個意思，就是、說一下也不行喔？不要亂冤枉人，我們是爲妳著想啊！」

「爲妳著想」這個詞顯然是觸發地雷的引信，眼看張蝶語又要發火，連城大著膽子，握住她擱在桌面的手，注視著她的雙眼微笑。

「嘿，想想這頓飯的用意，記得嗎？」

連城的提醒猶如醍醐灌頂，讓張蝶語瞬間如夢初醒。她與連城假扮情侶，是想要讓生活獲得清靜，擴大戰場就失去了意義。坐在自己身邊的不是鄒文雅，一切都是假的，不要和任何人認眞，張蝶語在心裡複誦了幾次。

終於，她微微鼓起腮幫，不太情願地說：「好啦！」

張蝶語的四個哥哥同時間露出驚訝又佩服的表情，對妹妹驚訝，對連城感到佩服。包括總裁的眉毛都高高揚起，快沒進髮線。

一句話安撫正在情緒上的張蝶語，不是尋常人能辦得到的。

「哎呀，小蝶這大小姐脾氣是從小被慣出來的，眞是沒有辦法。」說是這麼說，張延齡的語氣卻很高興，看著未來女婿的眼神又多了幾分喜歡。婚事什麼的，倒是暫時不敢提了。

「小蝶說的也沒錯，」大哥張龍騰開口道：「今天雙方才第一次見面，是該多花點時間彼此認識，也要讓連城有機會了解我們家。」

「容易啊！三月的旅遊，連城也一起去啊！」

苗芊芊的發言又一次得到全桌矚目，只是這回並非帶著責難與惱怒，但驚訝還是有的，驚訝於她竟然提出了大有道理的建議。

連城卻覺得苗芊芊得意洋洋的笑容可疑極了，恐怕並非出於好意。

張蝶語也有同感，「少亂出餿主意！」

「怎麼會是餿主意？」張鳳翔再次支持老婆，「不是都說出國旅遊最能考驗情侶的感情嗎？我冰雪聰明的老婆費心幫妳，妳要感激才對啊！」說著他往妻子的臉頰落下甜蜜一吻。

連城意外地發現，在場有半數人都對張鳳翔這番親密之舉表現出負面的反應，包括張蝶語那個大大的白眼，以及老夫人難看的臉色。

「你們說的是什麼旅行？」連城問。

所謂的旅行，根據張龍騰的說明，那是張家的年度家族旅遊，全家都要參與，目的地多是海外，一趟七天到半個月不等，視情況調整。今年的旅遊日期選在三月初，是春暖花開的好時節，至於地點則尚未決定。

在爲連城說明的過程中，張龍騰始終帶著溫暖的微笑，最後做出結論，「內人和兩位弟妹在婚前都參加過數次，確實是熟悉彼此的好方式。」

這麼一說，所有人都覺得有道理，紛紛表示同意，除了張雁鳴。

張雁鳴終於正眼看向連城，他伸手推了推眼鏡，鏡片後方的雙眼浮現幾分憂慮，憂慮立刻傳染給了連城。

家族旅遊果然很不妙嗎？爲什麼張家那些人都欣然同意？

張延齡夫婦也笑著點頭，老夫人開心道：「好啊！我們原本就人多，再加一個也沒有差別。你覺得怎麼樣？」

她最後一句問的是么兒。

「爸媽高興就好，我沒有意見。」張雁鳴淡淡說。

騙人！那張臉上明明都是意見啊！連城眞想這樣大叫出來。

「你們都不用先問當事人的意願嗎？他跟大家不熟，不方便一起旅行啦！」張蝶語嚷著。

「所以才要一起旅行，爲了彼此熟悉啊！」

「連城很忙，不一定有空！」

「一間小餐廳要忙什麼?難道老闆得親自煮菜上菜收銀掃地嗎?大不了,爸爸找個人幫忙看著嘛!」

連城大受驚嚇,急忙說店裡人手充足,不需要麻煩。

「很好,那就這麼說定了!你沒有不願意吧?」

當然,誰敢說不願意?

✦

連城躺在張蝶語房裡的粉紅絲絨貴妃椅上,雙手抱著大概有一百公分高的毛茸茸粉紅色大熊,盯著天花板的水晶蝴蝶吊燈,耳邊迴盪流暢的鍵盤打字聲響。他覺得自己好像被困在陰陽魔界。

「為什麼呢?只是吃頓飯,最後卻變成和你們全家出國旅遊?」

打字聲持續作響,連稍微停頓或改變節奏都沒有。

從連城的角度看不見張蝶語,他也不需要看見。他知道張蝶語聳了聳肩,一個無意義、沒幫助、該死的敷衍動作!

「萬一他們真的開始籌備婚禮怎麼辦?」

張蝶語終於停下手邊的工作,「不會啦,他們只是一時太興奮,沒有那麼快啦!」

「妳的回答聽起來好熟悉。」

鍵盤聲再次響起。

「喔對了，明天準時六點半吃早餐。」

「什麼？」連城用手肘撐起身體，瞪著張蝶語，自己是聽錯了吧？

「老爸的規矩，只要跟他在一個屋簷下，都要一起吃早餐。他的早餐時間就是六點半。」

什麼!?

Chapter 06

早起不是問題，連城辦得到，只是心情有差別。六點起床跟六點必須起床，後者的壓力就是大。

他在六點二十分踏出房門，窗外才剛有一點日出的跡象，屋子裡已聽得見各種動靜。

張蝶語昨晚要他準時出現就好，別太刻意表現。也許那不是個好主意？最後一個抵達早餐桌會不會很尷尬？他快步走向樓梯，心情略微忐忑。

「你是個大騙子。」

聽見背後傳來的聲音，連城大驚回頭，瞌睡蟲一瞬間被嚇跑不少。他心中第一個閃過的念頭是難道自己與張蝶語的謊言已被識破？看清出聲的是孫少爺張曉峰，連城頓時鬆了口氣，他大概知道小傢伙的指控是怎麼回事。

「原來是小騙子在說話。」連城斜靠著樓梯扶手，氣定神閒回嘴。

張曉峰一下子愣住了，「爲什麼說我是小騙子？我才不是！」

「爲什麼說我是大騙子，你就爲什麼是小騙子囉！」

「你是姑姑的男朋友，不是照顧動物的人。」

「好巧，發現你其實不是一隻小猴子，我也很驚訝。」

「我又沒承認是猴子，都是你說的耶！」

「我也沒承認是來照顧動物，話全是你們說的喔！」

「你、你說話很奇怪、很幼稚耶！」張曉峰開始有些火大，「從來沒見過像你這種大人！」

「眞的？我都不知道自己這麼特別！」

連城承認自己確實是幼稚，戲弄小朋友不光采，可是看著用力跺腳、氣鼓鼓跑開的張曉峰，他實在感受不到半點悔意。

這麼一耽擱，連城果眞成了抵達早餐桌的最後一名。

用早餐的地點和晚餐不同，位在大宅的東側邊緣，是一間兩面牆壁和部分屋頂都裝了大片玻璃窗的挑高廳室，採光充足。

連城匆忙踏進廳內時，大家已經在享用各自的早餐，只有張鳳翔在說話，說的好像是昨夜得到的故事靈感。他眼周下方有輕微黑影，神情亢奮，語速很快，快得每個字都要糊在一起。連城懷疑張鳳翔不是早起，而是熬夜沒睡，說不定還灌了超量的黑咖啡和紅牛。

除了依然安靜的總裁、不開心的孫少爺，眾人見到連城便是一陣道早問候。

老夫人親切詢問他睡得好不好，似乎沒有人介意他到得不夠早，或許是因爲他的出現終止了鳳三郎的靈異故事也說不定，至少連城知道張蝶語對此一定是感激的。

他在假女友身邊的空位坐下，餐點幾乎同時送上來，兩只玻璃碗分別裝著沙拉和水果，一只青綠花紋飾邊的大瓷盤裡滿滿堆著吐司培根香腸煎蛋烤馬鈴薯，熱騰騰冒著帶香味的熱氣。

「連城，你說說看想去什麼地方旅行？」

剛替自己倒滿一杯黑咖啡，就聽見張延齡這麼問，連城忙放下杯子，小心翼翼搬出安全答案，「哪裡都好，有理想的旅伴，去任何地方都是享受。」

張鳳翔哈哈大笑，「少來那種正確答案！」

張龍騰也帶著微笑說：「我們討論了好一陣子，實在沒辦法決定三月出遊的目的地。爸媽今年沒有特別想去的地方，其他人又達不成共識。」說著，他笑容裡添了一絲無奈，「所以，我們決定參考客人的意見，你直說無妨。」

連城心中的確有處嚮往之地。

他在多年前有段難得穩定的關係，從學生時期到出社會，持續了三年。

他們認眞存了錢，打算用首次的海外旅遊慶祝交往三年的里程碑，目的地是雙方都喜歡的蘇格蘭。計畫起始得很早，好幾個月的溝通討論、調整行程、訂票訂房訂位……到了萬事俱備，只欠付諸實行的當兒，他們分手了。

花費許多心血，最後胎死腹中的計畫，日後一直沒有執行的機會，在連城心裡，蘇格蘭從剛開始的遺憾逐漸變成一種怨念，安排行程時瀏覽過無數遍的風景照片與景點介紹文字，連城眞希望能親身體驗一次。

「保證不是偷偷考驗你，快點，說出腦中浮現的第一個地點。」

「呃，蘇格蘭？」

話出口連城就後悔了。

他十分後悔輕信張龍騰的保證，因爲所有人都用古裡古怪的表情看他，包括張龍騰在內！身旁的張蝶語甚至在瞪他，震驚得像是看見了一個無可救藥的白痴。

唯一沒有明顯反應的是張雁鳴。豈止沒有反應，他雙眼無神地盯著咖啡表面，彷彿對連城的發言置若罔聞。

苗芊芊嗤一聲笑，「馬屁拍得好直接喔！」

「寶貝別那麼說，客人會尷尬。」

客人很困惑，根本沒有足夠的資訊讓他感到尷尬好嗎！連城很想大聲對笑咪咪的張鳳翔這麼喊。但是在他能夠提出任何疑問，或者撤回提議之前，鄭寶妍已經迅速附議，張龍騰也表態支持，然後是張虎嘯和張延齡夫婦，很快地，全部的人都同意了。

又是一次除了張雁鳴以外的全數通過，默不吭聲的總裁依然不在狀況內。

總裁該不會很討厭蘇格蘭吧？

事實原來恰恰相反。

飯後，收拾了行李，張蝶語送連城下樓離開。

連城是臨時被張蝶語開車載過來的，就算趕到最近的車站，除夕當天也難有返鄉車票可以買，張蝶語理所當然負起出借交通工具的責任，張家人多車多，年假結束後，她自有各種途徑各種司機可以利用，影響不大。

到了車庫，張蝶語告訴連城，張雁鳴在最近一次訪談時，被問及最想前去的旅遊地點，他的回答正是蘇格蘭。

連城一愣之後，終於明白其他人的反應所爲何來。如果他是故意順著總裁的心意說話，馬屁的確拍得太明顯，在張雁鳴身上多半會收到反效果。

可他不是啊！他根本不知道總裁想去哪裡玩啊！

「訪談就刊在最新一期的航空雜誌，你不是拿去看了嗎？怎麼會不知道？」

「只看了圖片，後來雜誌還忘在妳的車裡沒帶走。」連城往車門邊伸手一指，雜誌果然躺在前座的擋風玻璃下。「誰會在搖搖晃晃的車上讀那麼多字？妳早點告訴我訪談內容，不就什麼事也沒有了。」

「我怎麼知道你是個、是個……只看圖片的幼兒！」

「剛才妳也沒幫這個幼兒說任何話啊！」

「豬隊友！」

「豬都不要妳當隊友！」

「好了啦！」車庫門邊傳來輕笑聲，鄭寶妍提著大包小包走過來，「什麼豬不豬的，沒有那麼嚴重啦！」

張蝶語微嘟起嘴，在第三人面前不再和連城爭鬧。

鄭寶妍示意他們打開車門，把提袋全部放進後座，說是兩位老人家要連城帶在路上吃的，還有送給連城老家鄉親們的一點心意，也都是食物。

連城知道推辭不會有用，鄭重道謝收下。

趁著張蝶語忙著把自己後車廂裡的東西清到車庫一角，鄭寶妍挨近他小聲說：「我覺得你做得很好，大大方方向有權勢的人示好沒什麼不對，大嫂支持你。」

連城哭笑不得，這時候否認，好像不領鄭寶妍的情，承認更加不對，只能閉嘴苦笑。

「不過雁鳴早上清醒得慢，八成還沒意識到發生了什麼事。」

喔！所以總裁那是睜著眼睛在睡覺嗎？連城的雙眼亮了起來。

「但是遲早會有人告訴他，今年是誰選的蘇格蘭，你的用心不會落空的。」

這句話怎麼聽起來像某種詛咒或威脅？連城的眼神又黯淡下去。

「好啦，食物的保存期限都很短，別放壞了。」待全都安置妥當，鄭寶妍關上後座車門，拍拍連城的肩頭，「一路順風，開車注意安全喔！」

臨去前，她朝連城微笑，眼中閃著介於淘氣與狡黠之間的光芒。

「你表情怪怪的。」張蝶語回到車旁，和連城並肩望著鄭寶妍逐漸走遠的背影，「她說了什麼？她是支持還是反對我們？」

「好問題，要是我能答得出來就好了……」

✦

時間在餐廳初二開工之後過得飛快，連城幾乎都耗在店裡度過，沒有多餘的心力煩惱三月的出遊，甚至連想也沒想起幾次。

在他幾乎要忘記這檔事的時候，來了一通自稱是萬歷總裁特助的電話，線路的另一頭有個快活的男中音，說需要連城的資料以供辦理出國手續之用，希望雙方能見面談比較快。

與那位總裁特助約好於某個休息日在自家餐廳會面後，連城隨意瞥了眼桌曆，大驚失色。不得了，已經是三月份了！

到了約定日當天下午，連城坐在可以看得到店外大馬路的窗邊，等候總裁特助大駕光臨。

離說好的時間還剩五分多鐘時，一名打扮光鮮體面的西裝男子從對街穿過馬路，來到餐廳大門前。男子看起來大概比連城年長四到五歲，染過的褐色短髮微捲，個子矮小，臉蛋和五官也小小的，一雙眼黑圓晶亮，連城忍不住想起年幼時飼養過的黃金鼠。

那人佇足門前，仰頭望向餐廳的橫式綠底招牌。招牌正中央是店名，帶著童趣的圓滾滾字體寫著「三隻羊」，配上像棉花糖又像雲朵的綿羊圖案，線條簡單卻生動，頗受到好評，無論顧客或路人，初次見到總會停下腳步多看兩眼，好奇為什麼餐廳要叫三隻羊？

連城和合夥人已經回答過這個問題上百次了。

答案有點蠢。

他們三人合夥，兩個生肖屬羊，一個姓楊。與動物無關的楊先生同時是餐廳主廚，雖然不爽被隨便算進羊群裡，但是在沒人擁有命名才能的絕望情況下，只能勉強同意自己是第三隻羊。幸好，大部分的客人都比主廚喜歡綿羊，尤其占多數的家庭顧客。

連城很確定這回在門外欣賞招牌的不是過路人。他打開餐廳大門，黃金鼠男的視線轉了過來，笑容很是燦爛。

「連老闆嗎？」那人登上門前矮階，伸出右手，「前兩天和您通過電話，敝姓安，安東尼，是萬歷的總裁特助。」

連城愣了一下，握過那跟黃金鼠一樣小小的手之後，拿到對方的名片，低頭一看，名片上面印的眞是安東尼三個字。

「是眞名，不是綽號，也不是洋名，連老闆沒有聽錯。」

連城抬頭見到對方毫不見怪的笑臉，不好意思起來。他趕緊讓到一旁，邀請安東尼進門，同時為自己的失態訕訕一笑，「安特助一定見過各種奇妙的反應，希望我不是最尷尬的一個。」

「喔不，一點都不尷尬。我很喜歡見到大家的各種反應，這樣我就可以順勢提到這個幸運的小故事。」安東尼眨眼笑道，「在我應徵總裁特助的時候，總裁還不是總裁，不過大家都知道那一天很快就會到來。總之，競爭非常激烈，到達最後關卡的還有另外兩名對手，大家條件相當，總裁難以決定。董事長在旁看了一眼履歷表，建議總裁挑選我，因爲我的名字很有趣，他喜歡。」

連城笑了起來，「如果是其他公司其他人，我恐怕會覺得這話是在開玩笑，但是……」他搖搖頭，唇邊仍然有著笑意，「這的確很有萬歷張董事長的風格。」

初次見面時，張延齡也是對連城的名字最感興趣。

「可不是嗎？所以任何反應我都不會介意，畢竟這是個讓我事業順利的好名字。」

「安特助說得很對，你有個好名字。」

「不嫌棄的話，連老闆可以叫我東尼，或是跟總裁一樣叫我安東，還有幾個壞心的傢伙叫我阿尼，你知道，《南方四賤客》的那個阿尼。」他說著做了個鬼臉，「另外有一些我的仇家們專用的綽號，我就不推薦了。」

「好啊！」連城笑著點頭同意，「不過，如果我要叫你東尼，你也得放棄連老闆這個稱呼。我這邊比較簡單，幾乎每個人都連名帶姓叫我連城。」

他們穿過沒亮燈的餐廳，在前往後方辦公室的路上又聊了不少。安東尼對餐廳的名字感到好奇，還對內部裝潢表達了幾句恰到好處的恭維。連城則是驚訝地得知對方不只年長他四、五歲，而是整整十年的差距！那張騙人的娃娃臉今年將滿四十歲，年紀比總裁還要大。

安東尼似乎對連城的驚嚇感到十分開心，笑咧了嘴，露出白亮的牙齒。

事實上，安東尼的笑容一直沒消失過，連城看不出他是發自內心地心情好，還是已經修練至毫無破綻，但是這個人的確成功散發出討人喜歡的親切氛圍。

連城對安東尼已頗有好感，雖然其中一部分原因可能來自連城對幼時寵物的美好回憶。

進了餐廳辦公室，連城從金屬辦公桌下的抽屜取出準備好的個人資料，兩人隔著桌面坐下，開始處理正事。

然後幾分鐘就搞定了。

前往英國旅遊不需要簽證，只有搭機要繳交的乘客名單用得到連城的基本資料。他們還謹慎地影印了連城的護照，互相加了通訊軟體的好友，接著安東尼發給連城一份紙本文件、一份同樣內容的電子檔，載明去回的日期時間、幾個預計停留的城市，最後問他有沒有特殊的飲食需求，健康方面有沒有需要注意的地方……他們簡直是在努力找事情做！而且沒有半件非得要碰面才能完成。

連城忍不住猜測這場會面有其他用意。

「你不是為了索要我的護照影本才特地來一趟吧？」

安東尼笑咪咪地望著他，並不否認。

「要命！你們家總裁說了我的事對不對？他狠狠抱怨我對不對？」連城把臉埋進掌心裡，發出哀號。

安東尼的笑容變得更深更大了。

「年假結束的第一個上班日，總裁來到辦公室，我們三個助理早已等在那裡。」安特助在椅子裡坐正，神祕兮兮地壓低聲音，彷彿正在談論什麼天大的機密，「他坐下來，沒看我們任何人一眼，沒打半句招呼，而是對著落地窗說：『小蝶帶了個男朋友回家，他這個人——』然後總裁就像這樣，」他往後靠住椅背，歪過頭，微微皺起眉，望向牆上小窗，「整整兩分鐘沒有說話。」

連城看著安特助滑稽的演出，目瞪口呆。

就這樣？他這個人怎麼樣？眞是馬屁精？口齒笨拙？不夠眞誠？討人厭？爲什麼總裁連抱怨都不好好說完！

「不尋常，太不尋常！」安特助用力搖著頭，「總之，我們都好奇得要命，三個人猜拳決勝負，我贏了！」

安東尼得意洋洋的表情讓連城想把臉再次埋起來。

他實在有點害怕知道那個陰陽怪氣的大總裁到底在想什麼，又不得不問：

「你……你家老闆沒說完的那句話是什麼意思？後面要接什麼句子？」

「那正是我們感到好奇的地方。」

「現在得出答案了嗎？」

安東尼抵起嘴，稍稍歪頭看他，「我覺得現在說這些還太早。」

連城輕咳一聲，看著手裡的簡略行程表，滿懷希望地問：「或許我們可以在這趟旅行當中多認識彼此？總裁特助也會參加吧？」

大老闆的身邊總是圍繞著助理、祕書、各式各樣的手下不是嗎？

「不，我們不參加年度家族旅遊。」見到連城略顯失望的表情，安東尼會意地笑了笑，「我們負責安排行程，遵循一個大原則：遇到困難，錢砸下去就是了！困難越大，砸錢越多。相信我，這絕對是趟五星級的豪華旅程，至少在物質上，你會很享受的。」

Chapter 07

自除夕一別，連城和張蝶語再次見面，是在出發前往蘇格蘭的早上。

負責開車去機場的是連城，張蝶語等在自家附近的巷口，見到了車，單手拖著行李箱，幾乎一路蹦跳著奔過來。

她剛鑽進副駕駛座，安全帶都還沒繫好就急著開口，「聽我說、聽我說！今年的年假是十多年來最愉快的一次！沒有親戚企圖介紹對象給我，沒有碰巧出現的青年才俊富家公子，我甚至不必回答任何關於神祕男友的問題，因爲我媽全都攬過去啦！」

連城極少見到張蝶語興奮到說話都連在一起的程度，忍不住哈哈大笑。

「我媽好得意喲，到處炫耀她的女兒跟得上時代腳步，不但事業有成，挑男人的眼光又好。她說你勤懇認眞，不靠家世父母，憑自己的才幹打拚出一片天地，強過那些靠爸靠媽靠祖宗基業的少爺們好幾倍，完全不在乎她自己的老公兒子都無辜中槍。」

「哦，妳媽改變心意，不反對妳在外工作了？」

「沒有沒有，她還是反對。但是她更愛面子，在外面的場合，什麼樣的價值觀讓她感到風光，她的立場就怎麼站，跟心裡眞正的想法一點關係也沒有。反正工作的問題是次要的，只要讓她看到不遠處的結婚可能性，她就開心啦！」

「恭喜妳！」連城朝她微微一笑。「這麼蠢的計畫竟然沒有失敗，老實說我很意外。」

張蝶語回應的笑容得意極了，「全是你的功勞！現在你可以放輕鬆享受這趟旅行，就當是一部分的謝禮。」

「放輕鬆享受這趟旅行？妳認眞的？」

張蝶語吐了吐舌頭，「好啦，至少物質上很享受嘛！」

這句話好熟悉，他在那裡聽見過？喔對了，連城想起來了，「東尼也說過類似的話，眞是讓人越聽越不安。」

張蝶語愣了幾秒才反應過來。

「你是說阿尼？你們見過面？」

張大小姐果然是其中一個叫安特助阿尼的「壞心傢伙」，連城一點也不意外，只覺得好笑。

「對，他來找過我拿旅行用的資料。」

「他去找你？親自去找你？爲了這一點小事？」

「很奇怪嗎？」

「奇怪得不得了！」張蝶語交疊雙臂，微微皺起眉頭，「總裁特助在萬歷的位階很高，他根本不需要親自處理這種小事。」

「大概是出於好奇吧？我是無所謂，東尼很親切好聊，多交個朋友沒什麼不好。」

「嘿！我們是一起的，你要跟我一起叫他阿尼！」

連城只是大笑搖頭。

✦

抵達了機場航廈，因爲不搭民航客機，所以不走一般通關流程，張家一家老小外加照顧二老的兩位管家、假的未來姑爺連城，浩浩蕩蕩十八口在商務中心辦理完出境手續，便分乘兩輛接駁車，直接前往停機坪。

連城和張蝶語搭乘的接駁車落在後方，乘客除了他們，只有張鳳翔夫妻。

連城左右看了看空蕩的車子內部，正覺得困惑，司機輕巧巧轉了個彎，和前車分道揚鑣，駛往不同的方向。

他從車窗望出去，意外見到在前方不遠處待命的飛機，一共兩架。

張蝶語看懂他的驚訝，主動解釋道：「沒辦法，一架塞不下全部人。比較大的那架玩意兒——」她指著另一輛接駁車的路線盡頭，抿嘴一笑，「我們都叫它孝親號，專門爲我媽買的。」

原本張家只有一架私人商務機，尺寸中上，平常提供小家庭旅行、國外洽公、兩老遊山玩水，也是綽綽有餘，還可以帶助理管家保母廚師……空間上的運用依舊堪稱舒適。

然而一旦全家到齊，尤其幾個兒子陸續成家，人數很快就超出了舊機的法定乘客上限。

家族旅行一年就一回，總裁的解決方法是讓部分成員搭乘民航機。萬里航空的頭等艙也是出了名的奢華，並沒輸給私人機太多。

偏偏老夫人不開心，即使改搭民航機的不是她老人家。

隔年，他們放棄民航機，改多租一架別人家的商務機。老夫人又嫌租來的東西用得不自在、格局不適合、內裝的顏色不喜歡。她想到就氣悶，氣悶起來就喋喋叨念，念到張雁鳴砸錢買下市面上最大的一款商務機，有人說他這是妥協，有人認爲是崩潰，老夫人的說法則是兒子終於講道理。

新添購的商務機內裝全部走孝敬老人家路線，座位區以外還設有完全獨立的寢室、淋浴間以及用餐區，連空服員的座位和工作區域都比其他機種寬敞。

「我媽這才勉強接受。雖然每次想起一家人分開搭兩台飛機，她又一副委屈得要命的模樣。」

連城只是微笑聽著，沒有接話。

聽張蝶語抱怨身邊大小事是家常便飯，經常他也會附和幾句以示支持，但他可沒傻到在其他張家人聽得見的範圍內這麼做。

張蝶語接著又說：「這兩架商務機平常還可以出租做生意，我媽想要的那種大型怪物純粹是奢侈浪費，連老爸都不敢支持，所以她後來也放棄了，改抱怨其他事。」

張鳳翔從前方座位回過身，笑咪咪接口：「比如機師太冷酷，空服員的笑容很假之類的。」

連城打開隨身提袋，開始研究起剛才在機場商務中心拿到的堅果零食。

「老爸也好不到哪裡去，當著一群空服員的面，說什麼空姐只需要臉正身材好。」

「總比騙人說外表不重要來得誠懇吧？」苗芊芊也加入談話，用一種理所當然的語氣，「她們後來不氣了，還不是因爲出面安撫的總裁長得帥。」

「才不是！她們停止生氣，是因爲四哥從來沒有不當言行，是個徹頭徹尾的紳士。」

「總裁是個紳士，因爲總裁不喜歡女生啊！」

連城撕開零食的力氣用大了，包裝袋炸開來，撒了滿身滿椅子杏仁腰果花生米。

他剛剛聽見了什麼？

張蝶語同樣也大吃一驚，「妳在說什麼鬼東西？」

「哎，妳不是排斥同志吧？」苗芊芊眨著水汪汪的大眼望過來。

張蝶語太震驚，連城還在手忙腳亂撿食物，兩人都來不及反駁這句質問。張鳳翔則在一旁吃吃發笑，顯然早就聽過這個理論，見怪不怪。

「我在那方面很敏銳的，一眼就能分辨出來。」

連城抓著只剩半袋的堅果，「眞的？怎麼分辨？」

不問這一句實在對不起自己。

「幹麼問？直男又學不來。」苗芊芊漫不經心地掃他一眼，便轉過頭，沒想再討論這個話題。

連城瞪大眼睛，不知該如何反應。

張蝶語撿起掉落在裙角的腰果，扔進嘴裡，默默嚼了幾口，終於還是忍耐不住，噗哧笑出聲來。

閒聊抬槓間，接駁車駛抵了目的地。

張家的私人飛機外觀和國內線小飛機頗為相似，登機流程也差不多，都得乘接駁車到停機坪，爬上舷梯登機，只是多了三名機師一名空服員親自站在舷梯下方，笑容可掬地迎接乘客。

機組員顯然都知道連城的來歷，對待他的態度恭謹有禮，和招呼張蝶語兄妹們這些眞正的大老闆並無二致。

連城卻覺得機組員太客氣了，受寵若驚的同時，不免產生了些許隱瞞眞實身分的內疚。

不過，那份內疚在登機後馬上被好奇與興奮沖淡了不少。

飛機內部不算大，一眼可望見全貌，左側是駕駛艙和空服員的工作區，另一頭則是乘客區域，安了十二張單人座椅，有四個一組的，也有兩兩相對的，中間都隔了張深木色方桌，然後是沙發區、洗手間以及最後方的行李區。

張蝶語說這只是架中上等級的舊機，連城卻已覺得大開眼界。他和張蝶語理所當然挑了並排的座位坐下，正想著機上只有四名乘客未免少得離譜，張虎嘯夫婦帶著年幼的雙胞胎女兒加入了他們，張曉峰和張海桐則留在孝親號陪伴祖父母。

顯然年長者與那三個已能長時間乖乖坐在椅子上的乖孫是同一個組別，排行比較後面的，只能跟容易失控的幼兒同機。

連城倒不介意這種安排，他喜歡小孩，小孩通常也喜歡他的陪伴。況且，從他得到的各種資訊來看，和張家二老待在同一架飛機十幾個小時不見得比較輕鬆。

張雁鳴在所有人坐定後才出現，穿著全套商務西裝，一臉嚴肅地講著電話，踏進機艙內才勉強掛斷。

當張雁鳴的視線掃過來，連城不自覺挺直了背脊，呼吸也幾乎暫停了片刻。早先他和張蝶語談過，在已獲得張家二老初步認同的情況下，兩人都同意不需要再刻意討好張雁鳴，以避免多做多錯，弄巧成拙。只要保持禮貌，平常心面對這位大總裁即可。

然而，計畫終究比執行容易太多，在這麼不平常的環境裡，連城實在不知道該怎麼生出平常心。

總裁看起來也不全然自在，他慣坐的位子在連城的斜對面，坐下的動作明顯有些僵硬，連城懷疑他正在考慮換到較遠的座位，只是擔心會失禮而作罷。

然後他們互相點了點頭，交換了生硬到不行的客氣微笑。

張蝶語一開始拋出的誘惑，什麼和大總裁交朋友之類的美夢，連城是不敢再奢想了。

明明初見面時的互動是很友善的啊！連城轉頭看向窗外，悄悄嘆了口氣。

飛機起飛之後，連城意外發現自己大部分的時間都在陪伴雙胞胎。

兩個小女孩非常活潑，都喜歡說話，清醒的時候總是講個不停。連城是機上對小孩子的耐性數一數二好的大人，又不像坐隔壁的大律師是工作狂，也不是個日理萬機大總裁，一登機就在辦公。他沒什麼要緊的事做，犧牲掉的不過是睡眠，換來小女孩們開開心心的笑臉以及張虎嘯夫婦的滿腔感激，很值得。

連城與雙胞胎不是窩在沙發區玩耍吃東西，就是三個人一起挨在窗邊看雲，嘰哩呱啦搶著話講。

過程中，連城經常感覺到有視線落在自己身上，每次抬頭去找，見到的卻都是朝小女孩們揮手微笑的二董夫人，和他感受到的視線方位全然不對。

最後他和兩個小女孩累得全擠在一張椅子裡睡得東倒西歪。

連城被張蝶語搖醒時，雙胞胎已被抱回各自的座位，飛機正在跑道上滑行，窗外景物一片陌生。他眨眨迷濛的睡眼，一時搞不清楚身在何處，張蝶語在他耳邊笑著說他眞是好睡。

歷經十六個多小時的飛行，踏上的蘇格蘭北境土地是座僅供商務機起降的小型機場，停機坪大半是空的。

等在飛機旁的第二段交通工具不是連城以爲的豪華轎車，而是四架直升機。

直升機飛行約四十來分鐘，接著轉搭中型巴士。

一連串交通工具轉乘馬不停蹄，青壯年成員沒什麼問題，尤其首次搭乘直升機的連城還處在興奮狀態，兩位老人家卻顯得疲倦了。

上了車，鄭寶妍向二老表達關心，老夫人只是搖搖手，「風景好看，累一點沒什麼。」

說完她還給了連城一個溫暖的微笑。

張蝶語湊過來跟連城耳語，「因爲你的身分還是客人，如果選擇來這裡的是其他人，老早被叨念到死了！」

難怪他提議蘇格蘭的時候，張家全體一致通過，連城總算是懂了。

最後一段的巴士車程不長，經過一座眞的很小很小的小鎮，道路盡頭是一片湖，在漸暗的天色下泛著奇異的暗藍光芒。

矗立在湖畔的建築物就是接下來數晚的住宿地點。

連城下了車，轉動頭頸望了遍全景，下巴差點掉下來。

安東尼跟他說起過這一趟住宿安排的難處。老夫人駁回了鄰近區域的全部旅館，又拒絕住在距離遠的大城市，因此他們想方設法弄到了一棟屋子。

弄？連城對這個用詞感到迷惑，「你是說用租的嗎？」

「我們也想啊！但是對方堅持不租，只想脫手。」安東尼聳了聳肩，「反正萬歷旗下有個不動產管理公司，用完交給他們處理就好。」

連城這才理解，安東尼是直接砸錢買了棟房子，當作前半段旅程的住宿地。

而那棟購入只為讓張家人暫住幾天的房子，在連城的想像裡，大概就是比較高級的獨棟民宿或別墅之類的，在國內也不少見，就當有錢人消費促進經濟成長，還是別大驚小怪得好。

可是此刻在他眼前的根本是一座莊園啊！宏偉華美得像旅遊書上印的圖片，如果他是個不知情的遊客，搞不好會想要排個半天行程買門票參觀哩！

在連城瞠目結舌的同時，所有人都陸續下了車。

十來位工作人員穿著整齊的黑白雙色制服，等在大門外迎接他們，其中半數是東方臉孔，說著稍有口音的中文，顯然是房子易主後才招聘來的人手。

這麼短的時間，眞不容易。

這一番用心果然大有成效，老夫人露出了滿意的微笑，「東尼那孩子眞是能幹，選得不錯。」

其他人紛紛發表意見，針對建築物的外觀品頭論足，多數也是稱讚之詞，偶爾參雜一兩句挑剔，就是沒有半個人表現出驚奇訝異，或者任何對於這種奢侈花費的不以爲然。連城覺得自己就像另一個世界的人！

站在連城背後幾步遠的張雁鳴，恐怕是唯一沒把視線放在建築物上的張家人。

張雁鳴不是很在乎這棟屋子有多大、長什麼樣子、四周有什麼景物。對他來說，連城的反應更加吸引他的注意，儘管那些反應合情合理，沒有半點奇特之處。況且，連城還是……妹妹的男朋友啊！

張雁鳴勉強別開視線，悄悄嘆了口氣。

Chapter 08

隔天的早餐桌呈現一幅奇異的景象，或者該說是早午餐，因為已經十點鐘了。整座宅子裡裡外外仍然安靜得出奇，偌大的長桌邊只有張雁鳴和張蝶語兩兄妹面對面坐著，邊吃邊滑手機。

張家二老真的不在，所以張蝶語才一大清早傳訊息給連城，告知他可以放心睡到自然醒。

「早安！」連城昨晚睡得極好，打招呼時精神飽滿，聲音也宏亮。

張雁鳴簡短應了聲早，態度不冷不熱，視線仍牢牢黏在手機螢幕上。

「早啊！食物在那邊桌上，自己拿。」張蝶語抬頭朝他一笑。

自助式早餐啊！連城走向牆邊的長桌，那裡排列著十來個大瓷盤，食物種類不僅豐富，而且東西合璧、多國混合，從麵包麥片羊雜焗豆到白粥醬菜日式味噌湯……還有幾道叫不出名字。

連城入境隨俗，專挑在地食物盛滿一大盤，還心甘情願捨棄咖啡，改從精緻的白瓷茶壺裡倒了杯早餐茶。

他在張蝶語的身邊落座，張雁鳴又一次坐在他的斜對面。

十點鐘算晚了，總裁是清醒的，不若除夕那天早上的恍惚模樣。總裁身上是毛衣眼鏡與隨興的髮型，沒那麼像大老闆，更接近白色涼亭裡的那個友善形象。連城的心裡生出了幾分希望，至於希望什麼，卻又說不上來。

「大家都到哪裡去了？」連城問。

「三哥和他老婆不到中午不會起床。」張蝶語終於把手機擱到一旁，改拿刀叉，「其他爲人父母的成熟大人帶著小孩，天剛亮就出發啦！好像是去某個農莊，明天晚上才回來。」

「所以，被留下來的我們可以自由安排行程？」

張蝶語點點頭，「不過，老媽有交代，凡是城堡、教堂、古蹟以及那個貓頭鷹網站排在前十名的景點都要等他們一起逛。」

「根據這個條件，我們今天可以去的是……」她再次拿起手機，手指一陣忙碌，「喔，這個合格，是座廢墟。」

「沒問題，我喜歡廢墟。」連城眞心說道。

他湊過去看張蝶語的搜尋結果。手機螢幕上顯示的是座修道院遺址，至少介紹文字是這麼寫的，照片裡就是東一撮西一落的石堆土塊、覆著青苔的幾片矮牆，得發揮點想像力才能描繪出原建物該有的部分外觀。

連城愛的就是這種風格，蘇格蘭高地特有的荒涼氣氛。

「高地很適合自駕，我們三個人開一輛車，空間正好。」

張蝶語這番話終於引得總裁抬起頭來，慢了好幾拍才發現自己被包括在對話裡，神情很是驚訝，「三個人？」

「你別說要等三哥喔！」

張雁鳴遲疑地說：「還是……不要算我吧。」

「爲什麼？」張蝶語瞪大了雙眼，「你不是很嚮往蘇格蘭嗎？好不容易人來了，又不出門去玩，到底是爲什麼啊？」

張雁鳴飄開視線，「我不想當你們的電燈泡。」

「電燈泡？」張蝶語轉頭看向連城，差點忘記他們正在假扮情侶。「才、才不會，四哥你想太多了！如果我們想要兩人世界，多的是其他機會，不差這幾天。」

張雁鳴只是搖頭。

連城在一旁看著聽著，兩種互相矛盾的情緒在心裡交戰衝突。

撇下總裁，他和張蝶語兩個人當然輕鬆自在得多，可他不過是張蝶語的冒牌男友，卻害得她的親哥哥顧忌迴避，在喜愛的旅遊地也不能盡興，連城的良心實在過意不去。

「去那個景點單趟車程兩小時，小蝶沒有國際駕照，我一個人開車來回太累了，有人換手還是最好。」

不怪兩兄妹聽了驚訝，連城也有點不敢相信自己竟然主動加入勸說，語氣還很誠懇呢！

張蝶語很快附和道：「對啊對啊！疲勞駕駛很危險，我可不願意拿性命開玩笑。

要是你不去，乾脆我們全都留下來，中午過後和三哥他們玩玩桌遊，安全第一。」

於是三人約好半小時後在車庫會合，全要感謝張蝶語那個玉石俱焚的提議把總裁嚇得不輕。

連城回房拿了件外套，貢獻了部分時間在大宅裡迷路，抵達車庫時張家兄妹倆還沒出現。

「哇！」一聲脫口而出的驚呼是連城踏進車庫的第一個反應。

車庫就像個小型名車展示場，除了功能取向的休旅車、貨卡，其他都是多數人只會在車展上看見的頂級廠牌，閃亮亮停了八、九輛，還疑似有限量款、客製化的厲害傢伙混在裡面！

爲了幾天的短暫停留，特地把車庫塞滿名貴的交通工具，連城已經懶得在意這樣的安排是不是荒謬、算不算浪費，他就是個忽然面對一屋子酷炫新玩具的小孩，每樣都想同時抱在懷裡。

「哇！」他忍不住伸出手，每輛車都摸了兩把，「看看你，還有你，眞是個性感寶貝！」

連城俯下身，透過窗玻璃欣賞車子的內裝，那些精緻的皮革工藝、溫潤典雅的木質飾板……

當某個人影偶然被後照鏡反射出來時，他嚇得眞的跳了起來。

連城轉身的速度快到差點引起頭暈。

又是張雁鳴，他穿著防風夾克，裹著圍巾，雙手插在褲袋裡，帶著似笑非笑的古怪表情斜倚著車庫門看著連城。

大總裁老是無聲無息出現在別人背後，這是什麼奇怪的嗜好嗎？

連城挺直了腰桿，強自鎮定，「呃……很不錯的收藏。我們、我們要開哪一輛？」

張雁鳴多盯了他一會兒，然後把視線移向地面，「只要第三個人也能坐得舒適，都可以。」

這個條件不難，排除掉部分跑車罷了。

連城還想進一步詢問更多細節，忽然聽見張蝶語的叫喚。聲音聽得不太清楚，彷彿來自遠處。

兩人都有些迷惑，一前一後走出車庫，循著呼喚聲抬起頭，大小姐正從二樓陽臺探出半個身體，用力揮著手。

張蝶語揚聲喊道：「剛剛聽管家說，去修道院的路上可能沒有手機訊號。」

噢，連城有不妙的預感，「妳擔心迷路嗎？」

「不！我擔心事務所聯絡不到我！」

「妳不能放鬆個幾天，不要惦記著工作嗎？」

「當然可以，但不是現在，這幾天很關鍵，我不能失聯。」

「才半天時間，幾個鐘頭而已！」連城絕望地嚷道。

「總之我沒辦法，你們兩個好好玩吧！」

話說完，大小姐就轉身消失了，任憑樓下人如何呼喊抱怨，陽臺上都不再有任何動靜。

連城張口結舌望著無人的陽臺，不敢相信張蝶語放他鴿子放得這麼乾脆。

他回過頭，張雁鳴正把視線轉過來，表情也跟他差不多困窘，帶給連城少許的欣慰。

「往好的方面想，現在所有的車都能挑了。」連城聳聳肩對總裁說，並指著正前方的銀灰色寶貝，號稱世界上最美的敞篷車款，「奧斯頓馬丁？」

一瞬間的驚詫掠過張雁鳴的雙眼。

連城猜想，總裁多半以爲這趟出遊會因爲張蝶語的缺席而取消。他不是沒動過這個念頭，可是他對蘇格蘭之旅期待已久，又準備妥當，加上車庫裡這麼許多閃亮亮的寶貝在等著，他實在不想放棄。

總裁的同意也沒讓連城太意外，畢竟對方一定不可能放心讓他獨自駕著千萬名車出遊吧？

✦

去程的駕駛由連城擔任。大概是他望著奧斯頓馬丁的欣喜痴迷模樣太驚悚，張雁鳴十分乾脆地交出鑰匙，一語不發坐進副駕駛座。

起步上路非常順利，車子棒極了！風景美極了！旅伴？也還過得去。他們很快就找到地圖指示的主要道路，進入彷彿人類文明不曾存在的蠻荒地帶。

連城一時無法決定，是觸目所及的壯闊美景，還是雙渦輪引擎的低聲咆哮更讓他感動。

他按下開關，讚嘆地望著八層不同材質結合而成的車篷，果眞如廣告詞所說在十四秒內完全開啓。

三月的蘇格蘭高地還不夠暖，不過張雁鳴沒有表示意見，連城也就任車篷繼續敞開著。在他的想法裡，既然選擇敞篷車款，駕駛時就該暴露在高地的天空下，享受那份難得的蒼涼寂寥，遮掩得密密實實就太可惜了！如果總裁冷，總裁當然沒必要隱忍著不說，對吧？

然而，總裁豈止不抱怨，自上路以來他半句話都沒說，一直很安靜。

連城偷眼看去，張雁鳴的口鼻以下被圍巾蓋住，看不出表情，但是他的肢體動作十分僵硬，離度假該有的放鬆狀態還差得遠。

明明置身在如此令人屏息的景致當中耶！連城的良心開始略微不安。多年來，他都是親朋好友公認的優秀旅伴，和他出遊，帶回來的永遠都是滿滿的美好回憶，不曾有人敗興而歸。他可不會讓總裁成爲史上第一個例外，尤其在他最爲期待的一段旅程裡。

連城快速又瞥了眼張雁鳴，以及對方的黑色半框眼鏡。沒見過的新貨，不知道總裁到底一共有多少副眼鏡？

「你不需要特別換上眼鏡。眞的，我沒有感到任何不自在。」

連城說的話眞假參半。他們之間的氣氛仍有不小的改善空間，可他正駕著奧斯頓馬丁馳騁過蘇格蘭高地！此時此刻沒有半樣東西能破壞他的興致。

張雁鳴稍微拉下圍巾，開口前猶豫了片刻，「……我並不喜歡隱形眼鏡，是形象顧問建議我在公開場合配戴。其他時候，能不戴，我就不戴，不是因爲你的緣故。」

喔，形象顧問？連城有些不以爲然。

「我覺得那是個奇怪的建議，你有沒有戴眼鏡明明都很好看，爲什麼不能在所有場合都選擇你更喜歡、更舒適的造型？我是說，一副眼鏡能損害到什麼？」他頓了頓，又補一句，「當然我不是專業人士，就是個想法而已。」

「你說得對。」

「眞的嗎？」連城喜出望外。

「你不是專業人士。」

「隨便你！」連城沒好氣地應道。「對了，我也有事要澄清。」

連城老老實實交代了自己選擇蘇格蘭的原因，只是把前男友換成女性，其餘內容全都不假。

「別誤會了，我是眞心眞意想實現多年以來的願望，絕對不是因爲你的緣故。」

張雁鳴皺起眉，「你是在告訴你現任女友的哥哥，你念念不忘和前任女友共同規畫的旅遊嗎？」

「不對不對，你看事情的角度大大不對！就是不想要繼續對過去念念不忘，才需要創造新的、美好的回憶，才需要來這一趟。」連城苦惱地搔了搔後頸，總覺得自己怎麼表達都不夠好，「我希望……將來再提起蘇格蘭或是整個英國的時候，我想到的會是一段愉快溫馨的時日，和更重要的人一起，而不是……而不是想著：天啊，爲什麼命運對我如此殘酷，我永遠也去不成那裡了！」

總裁又用一貫讓人讀不懂的眼神盯著連城看，看得連城心裡都要發毛，他才緩緩移開視線。

「那麼你一開始就做錯了。」

「怎麼說？」

「你想創造更美好的回憶，應該更堅持要蝶語的陪伴。」

「然後等她半途失去手機訊號，徒手掐死我嗎？這一帶棄屍倒是很方便。」

擔任張蝶語的冒牌男友有時很容易，實話實說即可，沒有人比她的工作重要，就算小畫家也一樣。

「埋骨之地有這片景色相伴，其實不壞。」

連城在總裁的話語裡意外聽見一絲笑意。他驚訝地看看總裁，又望向四周廣闊無垠的山光水色，忍不住也微笑，「嘿，說得有道理。」

氣氛難得有了些許正面的變化，連城正想加把勁，往更輕鬆的方向推動，天空卻在這時候冒出大片烏雲。起初烏雲還盤據在稍遠的山頭，被風吹著逐漸朝他們逼近，所占範圍也越來越廣，連空氣中的濕度都忽然增加不少。

搶在第一滴雨落下前，連城按下開關，應該在十四秒內開展就位的車篷才運作了兩秒鐘就不再動彈。

卡住了？連城連續按壓開關，情況還是不變，無論收合或開啓，車篷就是不肯從命，只是不斷發出惱人的嘎嘎怪聲。

「不是吧，千萬名車也會鬧脾氣？」連城絕望地喊道。

「怎麼可能……」張雁鳴蹙眉，也伸手過去試了試。

車篷落漆歸落漆，骨氣倒是一百分，沒有因爲總裁的億萬身價而屈服，依然卡得死緊。

張雁鳴俯下身想仔細檢視開關，一滴雨水冷不防落在頸間，他吃了一驚，發出略顯尖細的叫聲。

連城沒忍住，噗哧笑出來。

張雁鳴抬眼瞪他，「有什麼好笑？」

「不、不是好笑，是……」

是滿可愛的。

不過連城可不敢說，也沒機會說，原本的三兩滴雨在短短幾秒鐘內已成了不可收拾的滂沱大雨。

連城也被突然的暴雨擊打得唉唉叫，冰冷的雨水砸在身上簡直寒徹骨！

「你沒有事先查看天氣預報嗎？」張雁鳴抱怨道。

「嘿，別用那種口氣，我可不是你的員工。」

「快點掉頭折返！」

「不，應該繼續前行才對，我們開了滿長一段路，距離下個城鎮比較近。」

「你怎麼能確定？」

「我研究過地圖！」

「你該研究的是天氣預報！」

「我又不是你的員工！」

終於發現在風雨中大吼大叫對現況毫無幫助，只會吃進雨水，兩人先後閉上了嘴。

張雁鳴拿出手機，上面沒有半格訊號。他連聲咒罵，卻由於教養過於良好，罵人的字彙講得不熟練，語氣也不夠毒辣，聽在連城耳裡別有一番趣味，但他學乖了，這回連微笑也不敢露出來。

再說連城也沒多餘的興致開玩笑。頭頂上，天色越來越黑，雲層越積越厚，一丁點消散的意思都沒有；車子裡，擋風玻璃和身上衣物的任何功能，都被瘋狂的雨勢削弱到根本感覺不出效用。

連城實在擔心正遭受風雨摧殘的名貴跑車內裝是否就此報銷完蛋，以及顯然比他還怕冷的濕淋淋總裁，而後者比前者更令連城憂慮。

他轉過頭，看著副駕駛座上臉色比剛才又慘白了不少的總裁，關切地問：「車裡有沒有雨傘？」

「在敞篷車裡撐傘？」

連城翻了個白眼，「拜託！害怕路過的羊咩咩看見會嘲笑——」

「當心！」

張雁鳴的警告聲中，連城及時回頭，同時猛打方向盤，反應的時間剛剛夠他避開衝向車頭的白色物體。

一頭黑臉白羊狂奔著擦過車身，還很帶種地扭頭朝他們發出咩咩叫聲，最後消失在後照鏡裡。

而他們的車子在濕滑的地面上失去控制，一路衝出道路，陷進道旁的泥濘之中，才終於停下不動。

連城簡直不敢相信這些集中降臨的壞運氣！

幾次深呼吸之後，他轉向張雁鳴，「沒、沒事吧？」

幸虧有安全帶牢牢抓住，張雁鳴看起來不像有受什麼傷，只是外表狼狽。道旁的泥巴水噴濺在他的身上臉上，又馬上被雨水沖刷掉，算是這場暴雨的唯一好處。

連城又重複問一次，張雁鳴才回過神，斜著眼瞪他，「……還沒死！」

總裁的語氣和眼神都好刺人，連城卻鬆了好大一口氣。

「沒死……沒事就好。」

連城在暴風雨中重新打直背脊，猛踩油門，引擎發出熊熊怒吼，拚了命在泥坑中掙扎。但是無論他怎麼調整車輪方向、切換檔位，各式各樣招式盡出，車輪非但沒有脫困的跡象，反而越來越往下陷。

努力了十來分鐘，豐沛的降雨一刻也沒減緩，車裡車外都要淹成一條小河。連城長嘆一聲，鬆開方向盤，宣告放棄。

「抱歉害你的名車泡水……」連城歉疚地想著當初應該選普通點的車，儘管車庫裡似乎沒有哪一輛當得起普通兩個字。「我們不能也跟著一起泡水，來吧，我們得離開這裡。」

張雁鳴沒有異議，立刻伸手去解安全帶，似乎迫不及待想離開座位。

連城很能理解對方的感受。車內的水位越來越高，還混了泥漿沙土和腐爛的草根，他自己也不想繼續浸在裡面。

他拉了張雁鳴一把，兩人在泥水中奮力爬出車子，回到路面。

沒有代步工具，沒有手機訊號，沒有半株遮雨樹木，從淒冷陰鬱的風雨中舉目望去，他們此刻所處的世界眞正是一片蒼涼寂寥了！

Chapter 09

經過體感時間大概有幾百個小時的雨中徒步，連城和張雁鳴終於見到錯落的房舍、隱約的燈火。

人類的文明！

連城感動不已，「快看，是座城鎮！我就知道這個方向沒有問題。」

「……充其量是個村莊，很小的村莊。」

連城咧開嘴朝張雁鳴笑，帶著三分狼狽七分欣喜。他們整段路都沒有交談，除了身體疲倦，心裡沮喪，環境大風大雨不適合，還因爲連城覺得總裁一定滿腹怨言，不爽跟他說話。

現在他們又有心情有力氣開口了，雖然總裁的聲音虛弱得快聽不見，總也是個好的轉變。連城才不在乎城鎮的規模，只要有片屋簷遮雨，幾面牆擋風，任何地方看上去都像天堂。

他們一鼓作氣小跑步進到村裡，在遇到的第一棟建築物門廊下喘著氣，呼出白霧。

張雁鳴摘下眼鏡，用凍僵的手指小心抓著眼鏡甩動，擺脫掉幾顆水珠，又戴回去，對著爬滿鏡片的頑強水漬皺起眉頭。他懊惱地想著，今天眞不該爲了某個愚蠢的理由選擇戴眼鏡。

太陽消失後，氣溫下降得飛快，儘管雨水不再能打到頭臉，寒風卻是越吹越冷，他們強迫自己在廊下多待幾分鐘，盡可能甩掉身上的水，才推開背後的木門。

門上的鈴鐺響了兩聲，他們走進的是一家營業中的小酒館，暖氣、燈火和酒香撲面而來，連城差點沒雙膝一軟，跪下去喜極而泣。

小酒館的裝潢和整個高地的野性粗獷相稱，走的是質樸鄉野風味，九成以上是木造，老舊，但整理得還算潔淨，四面牆上掛著不少動物標本和幾幅裱了框的當地風景照片。

不知道是天候太差，還是距離打烊的時間近了，窩在角落小桌打盹的老先生是酒館唯一的客人。

被門鈴驚動，一名年輕人從櫃臺後方探出半個身體。他的右頰微微鼓起，手裡拿著被咬缺一角的糕狀物體，睜著兩隻驚訝的大眼，顯然沒料到在這種時候會有客人上門。

「哈、哈囉！歡迎——」年輕人急忙嚥下嘴裡的無論是什麼東西，「呃，光臨！」

他繞到櫃臺前方，雙手在圍裙上抹了下，見到兩個外國人慘兮兮的模樣，反應是好笑與同情揉雜。

「哇，你們看起來可真夠慘的，撞上壞運了是嗎？」

年輕店員的體型和聲音都屬於成年男性，語調和五官卻還帶著男孩的稚氣，讓連城想起三隻羊雇用過的許多短期工讀生。

連城苦笑著應道：「是啊，運氣不太好，出門的時候明明還是晴天。」

「你們一定才剛來，多待幾天就見怪不怪啦！」

年輕店員有副好心腸，拿了兩條毛巾給他們。

兩人道謝接過，略擦了擦頭臉。

張雁鳴終於有餘裕掏出手機查看，隨後朝連城皺起眉頭。

手機沒有訊號。

連城對此不太意外，這座小村莊太遺世獨立，有條電話線他就感激涕零了。

「是這樣子的，我們的車拋錨在半路，手機又收不到訊號，不知道是否方便借個室內電話聯絡家人？我們會非常非常感激。」連城對年輕店員說。

「電話線斷囉！」店員指指外頭強烈的風雨。

「電腦呢？透過網際網路也可以的。」連城不死心地又問。

「沒有電話線，沒辦法撥接上網。」

連城和張雁鳴都被「撥接上網」這個古老的用詞短暫震懾了片刻。

「那……當你們需要穩定快速的網路環境時怎麼辦？向鄰居借用嗎？」連城依然懷抱著希望。如果答案是肯定的，說不定他也能去隔壁試試？

年輕店員卻大笑起來，「鄰居？別開玩笑了，他們連電腦也不用呢！」

兩人又問了年輕店員幾個問題，沒有半個答案令人振奮。這個村子就是三不五時斷訊，天氣壞的時候常常陷入與外界完全隔絕的處境，也沒有半個居民在意。

「因爲沒有什麼事情不能等嘛！」年輕店員無所謂地聳聳肩，「大家就是早點吃飯、早點上床睡覺，等風雨過去，然後開車去隔壁鎭上。那裡可以辦任何事，手機訊號、網際網路、郵局銀行巴士站，應有盡有。」

「看來最好的選擇就是等待。」連城匆匆瞥了張雁鳴一眼。隨著對話的進行，總裁的眉頭越揪越緊，他眞的好擔心那兩道眉毛最後會糾纏在一起不分離。

「呃……依你的經驗，壞天氣通常持續多久？」

年輕店員看了看窗外，「不太久，我想午夜之前就會好轉。」

「午夜！」連城和張雁鳴異口同聲叫道。這樣算什麼不太久？

「我們也是旅館喔！」

事到如今，不住下來又能怎麼辦呢？

他們被引導至和酒館共用的櫃臺辦理入住登記。

櫃臺後方牆壁掛著旅館營業證照和住宿規約，證照裱了框，玻璃表面沒有灰塵，但也不再透亮。住宿規約則是張手寫的紙，泛黃的邊緣已有幾處破損，顯然許久不曾更新過。

看看酒館的樸素古舊，旅店房間多半相去不遠。連城在學生時代住過更便宜簡陋的旅社，又是既來之則安之的個性，反倒由於橫豎毫無選擇、煩惱無用而放鬆了下來。

張雁鳴卻是完全相反。他正冷著一張臉跟年輕店員要兩個房間，不甘願的心情透過僵硬的肢體動作表露無遺。

不過總裁也可能只是覺得冷，身體還沒暖起來，才會導致肢體動作僵硬，連城對自己這麼說。

「兩間單人房，一個晚上，總共九十六英鎊，事先付清。」年輕店員說著，分別投給他們兩人好奇的一眼。

連城自然而然要掏皮夾，張雁鳴舉起一隻手阻止他，於是他乖乖把皮夾塞回去，退到旁邊看著大富豪帥氣地掏出尊爵不凡的黑卡——喔，還是黑卡中的王者，美國運通百夫長呢！連城在心裡暗暗讚嘆一番。

「只收現金喔！」年輕員工敲敲櫃臺上的塑膠標示牌，語氣平淡，表情一點改變也沒有。

張雁鳴皺著眉頭收起信用卡。這張卡自啓用以來，他是第一次遇到商家這種反應。接著他掏出支票簿，還沒開口，年輕店員就搶先他一步出聲。

「老兄，只收現金！別讓我一直重複。」

「這是貴國的銀行支票，與現金沒有差異。」總裁的聲音裡透著一股跟本人不太搭調的急切，「你同意的話，我願意支付三倍房價。」

「三倍？你要爲這種地方的住宿付……付……呃，」年輕店員抬眼望著天花板，一陣心算，「付九十六英磅的三倍那麼多？」

「兩百八十八英鎊算不上什麼大數目。」

「那我就是白痴啦！太可疑了，不行不行！」年輕店員猛烈搖頭。

的確是可疑，連城在心裡悄悄附和。

「如果跳票了，老闆可會殺掉我的！」

「跳、跳票？我嗎？」張雁鳴震驚地按住胸口。

「對啦！你啦！」年輕店員翻了個白眼。

連城及時抬手掩住自己的嘴巴，擋下一聲笑。

目睹全球百大富豪之一的張大總裁，被區區幾十英鎊現金逼到接近崩潰的場面，不笑出來眞的好難！

連城咬了咬下唇，確定已經成功控制住笑意才開口，「讓我來付吧，我身上有現金。」

他第二次掏出皮夾，那是專放外幣的皮夾，頗有厚度。

張雁鳴別無選擇，嘆氣道：「回去就還你。」

「這不算什麼，房間我也要住的不是嗎？」

連城微微一笑，很高興可以在搞砸這趟旅程之後做出一點貢獻。皮夾裡的鈔票不幸浸濕了部分，但是沒破沒爛，沒到無法使用的程度，兼且數量龐大，整個夾層塞得滿滿的都是……都是……

連城緩緩抬頭，笑容凍結在臉上，小聲對總裁說：「嘿，你、你想不想知道一件乍聽很糗，其實相當有趣——」

張雁鳴沒興致聽連城鬼扯，直接探頭望去，一看清皮夾裡的內容物，瞬間瞪大了雙眼。

「美金？你帶美金來英國？」張雁鳴隱約辨出是有幾張英鎊夾在大批美鈔裡頭，但張數稀少，不可能夠付兩間房錢。

「我也有帶信用卡啊！」連城急忙辯白，「都、都是你妹說頭幾天不太有機會用到現金，過兩天到愛丁堡再換就好。」

然後他今天順手把皮夾塞進口袋時，完全忘記這件事……

連城轉向櫃臺，重新堆起笑容，「美金很好用的，我們別管銀行公告的匯率，直接算兩個房間兩百美金一晚，你覺得怎麼樣？」

「慢著，你剛才拒絕我的支票，現在也不能收他的美金。」

兩雙既驚訝又疑惑的眼睛同時轉向說話的張雁鳴。

「喂……你到底站在哪一邊？」連城簡直不敢相信自己的耳朵。

「外國貨幣可以，沒道理本地的銀行支票不可以。」

「那不是重點！」連城絕望地喊道。

「公平不是重點？」張雁鳴回瞪他。

「哪一國的邏輯讓你覺得是？火星嗎？」

「我說啊，誰爭贏都沒用喔，都不收喔！」年輕店員斜靠著櫃臺，興味盎然地看著這兩個好像不太有錢，用英文鬥嘴倒流利得不得了的奇妙外國客人，「外國的錢、會跳票的支票，那些我們統統都不要喔！」

年輕店員暗想，這兩個外國客人有趣歸有趣，卻也不能跟他們一直這麼虛耗下去，便直接挑明了身爲店家的立場。

「開心了嗎？」連城無奈地瞅了張雁鳴一眼。

張雁鳴別開臉，喃喃說著他的支票才不會跳票。

到頭來他們還是得照店家的規矩走。

連城抽出皮夾裡僅有的幾張英鎊現鈔，張雁鳴也貢獻出衣袋裡的全部零錢，兩人合力湊出四十八英鎊，勉強夠付一間雙人房的費用。

✦

房間位在三樓，配的是傳統金屬鑰匙，頂端繫了一塊寫著房號的橢圓木牌。

連城拿著鑰匙在前帶路，假裝不知道總裁在他背後皺眉頭。

樓梯和走廊跟整棟屋子一樣老舊，樓板在腳下嘎吱作響，頭頂上的燈具明顯亮度不足，很難看清建物的每個角落。上到三樓，樓梯轉角有扇窗，外頭風雨正強，震動著窗框，同時在廊道上映出張牙舞爪的搖晃樹影。

忽然間，一整根被吹落的樹枝撲上窗戶，發出悶響。連城吃了一驚，腳步稍頓，背後的總裁立刻撞上來。

「怎麼回事？」連城回過頭詫異地問。

「因爲……你突然停下來。」張雁鳴摸摸鼻子，匆匆往後站開兩步。

是你貼得太近了吧！很害怕嗎？怕黑還是怕鬼？要不要牽手？連城眞想就這麼大聲說出來。

實際情況是他只敢默默翻個白眼，繼續往前走。

房間在走廊底，打開門，無人的空間竄出一絲颼颼冷風。

雙人房的尺寸不大，裝潢風格與樓下酒館一致，簡單樸素。家具舊歸舊，也算乾乾淨淨，該有的都有——兩張床，中間隔著一張小桌，對面是衣櫃和一套寫字桌椅，桌上有台小電視，旁邊是垂著米色印花布簾的大片窗戶，聽得見強風震動窗格、雨水擊打玻璃的驚人聲響。

連城把鑰匙拋在門邊桌上，打開了燈，便去尋找暖氣開關。幸好屋內照明比走廊亮得多，黃色的燈光給整個空間添了些許溫暖，阻擋了屋外的陰冷。

張雁鳴關上房門，背靠著門板，從第一滴雨落下到現在累積起的疲倦與挫折，終於讓他連一根指頭都不想移動。

看著連城在房裡四下梭巡，查看暖氣、寢具和衛浴設備，腳步輕鬆，態度從容，張雁鳴感到十分不可思議。他不冷嗎？不累嗎？被暴風雨困在這幢陰森屋子裡不覺得不安嗎？除了發皺的濕衣服黏在身上顯得難看以外，這趟災難之旅似乎沒對連城造成什麼影響。

張雁鳴還沒照過鏡子，但是他知道自己看起來一定比連城糟糕數倍。

連城顯然也有同感，他打開浴室的門和燈，探頭掃了一眼，便扭過頭來，「浴室看起來不錯，你快點先用吧！」

他的聲音裡還帶有幾分憂慮。

張雁鳴腦中頓時浮現出蒸騰的熱氣、沐浴乳的清香，再度變得乾爽溫暖的渴望，強烈得壓過所有他對這間屋子的負面感受。

他知道自己該推辭，然後連城繼續堅持，如此來回數次，再接受這份好意。但他實在濕冷得難受，剩下的精力只夠他點點頭，簡短道過謝，便匆匆幾步進到浴室裡關上了門。

浴室很小，跟房裡房外一樣缺乏美感，當不起連城說的「不錯」兩個字，頂多就是不太髒，基本功能不缺罷了。

張雁鳴一口氣把濕透的衣物全脫了，隨便扔在原本可能是粉綠色的磁磚地上，踏進略嫌窄小的浴缸，拉緊浴簾，將熱水龍頭轉到最大。

他的動作真的太快，太急於擺脫濕冷不適，以至於他人在蓮蓬頭下沖了好一會兒熱水，身體都溫暖起來，才想到一些平常從沒留意過的事。

比如，他是不是應該先準備好毛巾浴巾之類的用品？洗完澡之後又該穿什麼？他沒有乾淨的衣物替換，也忘記確認浴袍或睡袍是否存在，難道……難道要把完全濕透的衣服再穿回去？

Chapter 10

張雁鳴聽見敲門的聲音，然後是連城在說話。隔著門板和浴簾，加上淅瀝瀝的水聲，說話的內容聽上去很模糊。

「我聽不清楚！」他盡可能大聲回嚷。

連城似乎重述了一遍，音量加大了些，效果卻沒有顯著的改善。

拉開浴簾或是關掉熱水，應該可以解決問題，但是張雁鳴光想就要打冷顫，兩樣都不願意做。

正在爲難之際，忽然聽見浴室的門被打開，他僵了一下。不過連城只停留在門邊，沒有太靠近，加上還有浴簾阻隔，他又慢慢放鬆下來。

這次連城開口說話，張雁鳴終於隱約聽懂部分，好像是連城要下樓去做什麼事，至於是要問問他的意見還是單純知會，那就不確定了。

張雁鳴揚聲回覆，「知道了，你想做什麼就做什麼，隨便都好！」

連城應了聲沒問題，接下來是一陣窸窸窣窣的奇怪聲響，人退出去，門關上，腳步聲遠離消失，耳邊又只剩下單調的水聲淅瀝。

直到過度的熱水沖洗開始令人略感暈眩，張雁鳴才不情願地關掉水龍頭。

今天眞的經歷了好多個第一次，看來第一次穿回濕衣服也不可避免了。他把頭髮從額前往後攏，用壯士斷腕的決心拉開浴簾，踏出浴缸，踩在空無一物的磁磚地上，咦？

隨便扔在地上的衣物都不見了！

張雁鳴四下張望，不只他的衣服鬧失蹤，浴室裡還多了掛在門後的浴袍、疊放在洗手臺邊小椅子上的米色大浴巾，這兩樣東西他都不記得曾看見過。

眞是既方便又啓人疑竇。他一面皺眉回想從踏進浴室到現在的每處細節，一面擦乾身體。

唯一合理的解釋就是那是連城幹的。連城拿走他的濕衣服，幫他準備毛巾浴袍。這個想法讓他的臉頰奇怪地發熱。

打開浴室門，張雁鳴先探頭往左右看。連城不在，房裡一個人也沒有。

單穿一件浴袍不太有安全感，幸好尺寸夠大，一路蓋到他的小腿肚，衣襟拉緊腰帶繫妥，倒也遮得密密實實，就是品質不佳，略嫌粗糙的布料刺著皮膚，不太舒適。

旅館沒有供應拖鞋，不得不赤足行走，張雁鳴謹愼地踏出幾步，又停下來。暖氣運作中的房間很溫暖，木地板的溫度不至於冷，但他不信任其清潔的程度，低著頭觀察木板之間的接縫。

連城在這時候推門進來，兩手端著一只大托盤，用腳踢上房門。

張雁鳴抬起頭，爲眼前的景象大吃一驚。連城原本的衣服也都不在身上，而是穿著和自己一模一樣的浴袍，只是穿法的嚴謹度大有差異，連城的浴袍前襟一路敞開，露出腰部以上幾乎有八九成。

原來，連城的體格並不是靠衣服撐出來的。

張雁鳴迅速移開了視線。

「嘿，感覺怎麼樣？水夠熱嗎？水壓強不強？」

雖然眼睛沒看見，但是張雁鳴耳朵聽得出連城說話時帶著微笑。

張雁鳴考慮了一下該如何回答。浴室整體來說並不太好，水溫永遠沒辦法調整到適中的熱度，水壓算是及格。蓮蓬頭有鏽斑，裝設的角度怪異。地面牆面有好幾處磁磚縫清潔不足，浴簾和浴缸幾年前就該汰舊換新了……

「……都很好。」他回道。

連城沒有立即的反應，室內一片寂靜，窗外的呼呼風聲都顯得響亮不少。張雁鳴忍不住斜眼去看，遇上對方的視線，連城嘴角微微勾起，暖黃燈光映得他眼裡閃閃發亮，好像看穿了張雁鳴的言不由衷。

但是連城沒說什麼，只是把托盤放在寫字桌上，笑著說：「你先吃，我很快沖個澡。」

然後他匆匆進了浴室，不久嘩啦啦響起水聲，留下張雁鳴在起居間一頭霧水，什麼都來不及問。

走近寫字桌，托盤上有兩個小碗，馬鈴薯塊在金黃色的濃湯裡載浮載沉，還有十來個三明治，簡單的白麵包夾著小黃瓜和火腿，都是一口大小。

張雁鳴的胃袋像被觸動了機關，咕嚕嚕吵鬧起來。他囫圇吃掉一個小三明治，快得辨不出食物的滋味，卻嘗到一絲後悔的澀。

連城必定也餓了，又是費心找來食物的人，他不該先吃。

他不再去拿食物，而是小心翼翼拉開古舊的木頭椅子坐下，深怕它垮掉。他依然認爲這間缺乏維護的屋子老舊得可怕，四處加些蜘蛛網就能在萬聖節收門票供人參觀。但他已不再覺得濕冷無助，暖氣夠威力，燈光也柔和，如果不往窗戶看，甚至可以假裝外頭沒有暴風雨。

如果他能知道衣服都到哪裡去，食物又是從哪裡來就更好了。看來看去，整個房間只能見到他的外套孤零零掛在暖氣上方，更添他心中疑惑。

連城說自己很快沖個澡，眞的就是很快，沒讓總裁和飢餓交戰太久，就頂著濕漉漉的頭髮，冒著一身熱氣從浴室出來。

連城拿起浴巾在濕髮上搓揉，漫不經心地說：「你注意到浴簾有霉斑嗎？浴缸實在也該換個新的。」

張雁鳴沒多想，順口便說：「當然注意到了。不只浴缸，我認爲最好蓮蓬頭也一起——」

他猛然閉上嘴，後悔不已。

「抓到啦！」連城咧開嘴，笑得有三分得意，「剛才何必刻意做違心之論，我不是旅館老闆，不怕聽見負評。」

張雁鳴抿著唇不回答。

一開始沒批評只是想表現得友善可親一些，卻沒想到那樣的機會或許早已隨風消逝，尋不著了，他悶悶地想著。

「對了，洗標說禁止烘乾，所以我把它留在這裡，沒問題吧？」

連城指著孤單掛在房裡晾乾的外套，張雁鳴也往同方向看去。喔，洗標，他知道洗標這個東西，但從沒真正細看，也沒關心過換下來的衣物都用什麼方式清洗或處理。

想來其他衣服都被連城拿去烘乾了，他方才在浴室外詢問的應該就是這件事。

「謝謝，你設想得很周到。」

連城綻開大大的笑容，彷彿總裁的道謝很令他驚喜。他拉開另一把椅子坐下，抓了三明治送進口中。張雁鳴也安心地開始吃喝。

好一段時間，兩個人都沒有說話的餘裕，溫暖的空氣在四周靜靜流動，氣氛很是平和。他們都吃飽時，盤中還有剩餘，連城雙手捧起湯碗，喝下一大口，往後靠在椅背上，發出滿足的嘆息。

張雁鳴很能認同對方的感受。這一餐不算美味，卻來得及時，那種得救的感覺是相當新鮮的體驗，足以算進今天的許多個第一次裡頭。

「你從哪裡弄來的食物？」

連城放下空碗，「我在洗衣間遇見旅館主人，相當和藹的一名女士。她非常同情我們的遭遇，不但主動提供食物，還說明早要載我們去隔壁鎮，親切得沒話說。」

「你穿這樣去洗衣間？」張雁鳴挑眉。不會這就是旅館主人特別熱心的原因吧？

「沒辦法，我的衣服也需要烘乾啊！」連城當然知道自己衣著不得體，他搔了搔後頸，尷尬道：「你是不是……覺得很傷眼？」

連城的語氣像在說笑，眼裡卻帶著幾分認眞。

「沒有。」張雁鳴也認眞回應。

「喔，是嗎？」連城微微一笑，低頭去拿了塊三明治吃。

張雁鳴看得出對方不相信他的話。

現在是個好時機，他可以跟連城解釋，說明自己表現於外的尷尬並非出於反感，而是優渥的生活所導致。他從來不需要分享，尤其起居和睡眠空間。那是他感覺彆扭的原因，與其他任何人無關，更不是針對連城。

張雁鳴很想這麼解釋，開口卻是另一個話題，「衣服什麼時候會好？」

「我有設鬧鐘。」連城吞下三明治，拿起手機，動作稍微急了，差點撞翻托盤。「時間差不多了，我去看看。」

但是鬧鐘還沒有響啊……張雁鳴望著連城匆匆推門而出的背影，說不出心裡到底是何滋味。

✦

十來分鐘後，連城抱著熱烘烘的衣服回來，還有一疊光碟盒跟著他一起。

「拿衣服的途中遇到櫃臺的年輕小夥子，」連城回答總裁眼中的疑問，「說是電視訊號也斷了，借我們幾部電影打發時間。」

張雁鳴的眼睛亮了起來，他喜歡這個主意。

「有什麼選擇？」

「讓我瞧瞧，」連城拿起光碟盒，逐一讀出片名，「《半夜鬼上床》、《恐怖旅舍》、《養鬼吃人》、《禁入墳場》……」

那個小混蛋，故意的啊？

「最後一片是，」連城頓了頓，「《斷背山》。」

小混蛋絕對是故意的！

房內頓時陷入詭異的寂靜。

在這種狂風暴雨受困偏僻小鎮陰暗旅館的情境下，又不是專程來試膽，連城一點都不覺得恐怖片是個好選擇，應該挑大導演獲獎無數的名作，才符合雲端之人大總裁的高尚品味吧？

可是，兩個人孤男寡男的，連城很清楚自己眞正的性傾向，心中有鬼，氣氛難保不會變得尷尬，萬一總裁察覺有異該怎麼辦？

再可是，他正在僞裝直男，要是顧慮太多而迴避，不是欲蓋彌彰嗎？啊，慢著，對直男來說，會不會《斷背山》才是令人畏懼的題材，應該迴避？

天啊！他怎麼挑都不對！

更奇怪的是，他隱瞞性傾向，所以內心天人交戰、舉棋不定，爲什麼總裁也眉頭深鎖，一副萬般爲難的模樣？

與總裁短暫交換過視線，連城忽然靈光閃現。

「你決定吧，想看哪一部？我全都可以。」對，沒錯！把決定權交出去，妙哉！連城對自己的機智讚賞有加。

張雁鳴揚起眉，根本不伸手接那疊光碟片。

「我全都不要，我想睡覺。」

原來還有這一手！連城不住點頭附和，「對、對，今天這麼折騰，早點休息比較好。」

張雁鳴走到他那張床邊，藉換衣之便背轉過身藏起表情。他注意到連城翻看光碟時的反應，那副驚疑不定的神色讓他情緒有些低落。

妹妹的男友當然是直男，卻沒料到是個恐同直男。

關掉了大燈，他們躺上各自的床，床邊檯燈也熄掉後，房內一片漆黑。

暖氣搭配薄被，不冷不熱，床墊的舒適度對連城來說算是及格，窗外的風雨也漸漸變成助眠的白噪音。連城的眼皮沉重，卻不斷有來自隔壁床架的惱人嘎吱聲阻止他踏入美好的夢中國度。

「怎麼了？睡不著嗎？」總裁睡不好是預料中事，連城沒有神奇魔法能提供協助，只能問兩句廢話表示關心。

「床墊不對勁。」

「可能下面有碗豆。」連城忍不住莞爾。

「不是床墊不舒適，是它眞的有問題。」張雁鳴轉頭瞪他，黑暗中沒有效用。

「我們可以交換床睡？」

「不需要，你別管我。」

連城想要照做，可是他幾次快要睡著，都被那張急需維修的床架所發出的嘎吱聲給打斷。總裁的輾轉難眠，很快也讓他輾轉難眠了。

「說眞的，來交換吧！」連城再次提出要求。

「我不要占你的便宜。」

「沒關係啊！是我求你占我的便宜。」

總裁不回應了，使出沉默的絕招。

既然如此，連城也決定豁出去了！他動作很快，三兩下摸到總裁床邊，拉開薄被，二話不說就躺進去。

黑暗中碰觸到的是張雁鳴的背脊。大概半秒鐘後，連城聽見一聲抽氣，張雁鳴的身體迅速往後撤開，然後是疑似腦袋撞到床頭板的悶響。連城暗暗偷笑，他就是要嚇總裁一大跳，計謀得逞，眞是開心。

張雁鳴在有限的空間裡艱困地轉過身，斥道：「你在搞什麼鬼？」

「跟你換床啊！」

「我可沒答應。」

「那就一起睡。」連城得意笑著。

黑暗中看不清楚，總裁的殺人視線半點也不可怕，不久總裁就會受不了和他躺在同一張床上，倉皇逃走，符合他的算計。

連城等著等著，卻什麼動靜也沒能等到。床不大，即使總裁已經退到邊緣，依然沒拉開多少距離，他幾乎能聽見彼此稍稍加快的呼吸，嗅到疑似髮香的淡淡氣息。淋過一陣雨，旅館又沒有提供洗髮精，總裁還能這麼好聞實在不合理。

連城大著膽子，再次往對方逼近……一點點。

「我知道你的企圖，沒用的。」張雁鳴聲線緊繃，語調生硬。

連城心想，明明大有效用，多半是總裁的自尊心在作祟，距離成功還需要再加把勁！

「我的企圖？你是指靠得緊緊的睡在一起嗎？」連城又要蠢動，臀部附近忽然一陷，床架再次嘎吱作響。「噢，床墊眞的有問題。」

「謝謝你特地過來證實，現在可以回去了。」

「另外一張床墊沒問題，給你睡。」

「……爲什麼？」張雁鳴的聲音忽然變得嚴峻。

連城一愣。

是啊，爲什麼？他們都是健康的成年人，純憑運氣決定區區一晚的床鋪，爲什麼他非要把較好的床位讓給總裁？如果百分之百誠實，連城不否認其中一個理由是自己考量到對方養尊處優，更容易因就寢環境不理想而受到折磨，所以需要被禮讓。

這就是超級富豪與一般市井小民的差異，連城不覺得有什麼是非對錯。

但是總裁顯然很介意，他得稍做修飾，換個說法回答。連城想了想，小心翼翼說：「我有三個理由，差別在於好聽的程度。」

「嗯，從最好聽的講起。」

「因爲我希望你能覺得舒適一點。」連城說得很誠懇，「今天遭逢的災難因我而起，是我把車子開下道路，也是我敞開車篷讓風雨颳進車內。這間旅館不理想，你一直很忍耐，我能做的就是別讓一切變得更糟。」

「床墊即使完好，也不會舒適到哪裡去，你不必多做任何事。」

聽得出張雁鳴聲音裡的明顯軟化，連城慢慢鬆開屏著的一口氣，彎起嘴角。

「第二個原因是我想要討好你，這算是我和小蝶的共同目標。你一定知道，你的認可和支持對她很重要吧？我沒有妹妹，不過我聽當哥哥的朋友們抱怨過，他們都不喜歡男性接近可愛的妹妹，妹妹的男朋友更是罪大惡極。我猜想你多半也有類似的想法，加上我一開始就搞砸了，現在只能盡力補救，減少一點討人厭的程度。」

這回連城沒能很快得到張雁鳴的回應，他等了很久，久到他以爲張雁鳴大概不會作出回應，才聽見張雁鳴輕輕嘆了一口氣。

「……我沒有討厭你。」

當然總裁要這麼回答，他是有教養、有常識、偶爾言不由衷的成熟大人。

「你也說過這裡的浴室很好。」連城笑著說。

「你不相信？」

「一半一半吧！」

他們說話時的音量都放得極低，不是怕吵到誰，而是避免將自己的氣息吹拂到對方臉上。這種彷彿說著悄悄話的感覺異樣地好，好像彼此很親近，即使他們連朋友都還算不上。

連城忽然意識到，他從來沒這麼做過。他從來沒和任何人躺一張床，靠得這麼近，卻說著與性事無關的話題。不僅如此，他發現自己都快忘了最初爲什麼要擠上張雁鳴的床。

喔對，想嚇跑總裁。雖然現在的他有點不想實現目的了。

「最不中聽的理由是什麼？」張雁鳴問。

連城低聲一笑，「你在這張壞掉的床墊上翻來覆去，弄出一大堆怪聲，吵死了。」

總裁難得也笑出了聲音。

「換成你，就不會弄出怪聲？」

「當然，我擁有高超的身體控制能力，能巧妙避開凹陷，調整出完美的姿勢！」

連城邊說邊扭動身體示範，忘了總裁已經退避在床的最邊緣，他再如此進逼，對方根本無處可躲。

「慢著，等、等一下——」

連城的身體擠過來的同時，張雁鳴硬是往旁閃避。

單人床可沒有多餘空間，察覺到張雁鳴整個人就要摔出去，連城無暇細想，反射性伸手，及時撈到了人。

整個過程短短兩秒鐘不到，卻有好幾個念頭閃過連城的腦袋——總裁抱起來的手感意外地好、總裁的髮絲眞是香的、自己的嘴唇無意間擦碰到的是總裁的臉頰嗎？

最後一個念頭在連城腦中造成爆炸般的效果，他大吃一驚，慌忙鬆手，然後是一聲驚呼，一記悶響，張雁鳴砰地摔在地板上。

這組床架比多數同類產品都高，幸好總裁是屁股著地，精神上受到的驚嚇高於肉體上的疼痛。連城急忙從床緣探出頭往下望，總裁正用貧乏的詞彙、教養良好的語氣連聲咒罵。

連城賠著笑臉，關心道：「要不要緊？」

「……你推我下來，還問我要不要緊？」

總裁的語氣不像有殺意，連城雖然既意外又不解，但總是鬆了一大口氣。

「不算我推的，我頂多是……見死不救。」

連城在黑暗中依稀辨識出張雁鳴的身形，看著他顫巍巍地站起，一隻手似乎按在摔痛的屁股上，慢慢繞過床尾走到另一張床邊。

「剛剛說沒有討厭你是百分之百的實話，現在可就不一定了！」爬上空床，躺進棉被前，張雁鳴惡狠狠地撂話，聲音裡卻沒有眞正的火氣。

連城知道對方看不見，放心地笑咧了嘴。

不知道爲什麼，現在他反而相信總裁是眞的不討厭他。

Chapter 11

清晨的微光剛從窗簾縫隙擠進來，張雁鳴已經穿戴整齊，坐在床緣，靜靜瞪著隔壁床位。

連城正睡得香甜。壞掉的床墊、窗外的風雨聲、陌生的環境、同室的另一個人，似乎都無法影響連城的睡眠半分，卻每一樣都嚴重造成張雁鳴的困擾，害他七早八早醒來，懷疑自己到底有沒有眞正睡著過。

他微微傾身，兩隻手肘擱在膝蓋上，掌心揉搓雙頰，滿腔懊惱。

這一切都不該發生。

既然妹妹缺席，他不應該同意和連城兩個人駕車出遊；明明感覺冷，他不應該放任連城打開車篷不加阻止；連城爬上床來胡鬧，他更不應該……不應該……回憶一瞬間湧上來，昨晚的細節歷歷在目，所有當時意外被連城碰觸到的身體部位又火燙起來。

振作點、清醒點！連城是妹妹的男朋友！對妹妹的男朋友抱持好感，甚至生出情意，只會招來更大的痛苦，並且增加性傾向被發現的風險。

許多年來，張雁鳴最懼怕的就是暴露自己的同性戀身分。

現在還是怕，只是年齡漸增，寂寞滋長，終究壓過了恐懼。遇見連城的時候，他覺得時機正好，有個聲音從心中冒出來，悄悄說著：這個男人眞是好看啊！笑容迷人，交談令人愉快，或許他可以試著拿出一點勇氣。

當然，那一點點的勇氣很快就被現實擊碎。妹妹的異性戀男友，集合全世界的勇氣也沒輒。

張雁鳴移開手掌，望著隔壁床那張一無所知的睡臉。

連城只是長得帥罷了！外貌是不可靠的，他一定能找到連城夠多的缺點，或者某項他無法接受的特質，就此從困境脫離！張雁鳴幾近徒勞地努力勸說自己，雙眼死死瞪著安睡中的那顆漂亮腦袋，他揪著眉頭，彷彿這樣就能透視表面，看見對方的黑暗內在。

連城睜開眼睛，矇矓的視線逐漸轉爲清晰時，見到的就是這樣一幅畫面——總裁蹙眉瞪眼，凶惡得像要來場鄉間小屋殺人事件。

他吃了一驚，嘴角原本噙著的慵懶微笑剎時僵住。

「早……早啊？我……呃，是不是有哪裡冒犯到你？」昨晚他打呼了？夢遊了？說了很糟糕的夢話？

張雁鳴這才感覺到自己面部表情過度緊繃，他搓了搓臉，嘆口氣道：「如果有的話就好了。」

這是什麼意思？連城不解。

當然總裁不會多做解釋，他就這麼離開了房間，走前還不忘催促連城加快動作，快點起床梳洗好，下樓退房。

他們倒沒料到，退房前還能享用一頓包括在房費之內的早餐，而且一點都不馬虎，傳統上該有的菜色樣樣不缺，加上一大壺濃郁芬芳的早餐茶，是最大的亮點。

餐桌對面，張雁鳴借了筆來，正低垂著頭寫東西。桌面不寬，連城手持刀叉切割食物，眼睛卻很難不注意到總裁的長長睫毛。

這是他們第三次分享同一張早餐桌，連城發現總裁在早晨恢復清醒的速度，和所處環境的陌生程度成正比，今天張雁鳴一點也沒有愛睏的樣子，方才莫名其妙的奇怪情緒也已經收拾起來，沒留下半點痕跡。

至於連城，心情輕鬆得連他自己都意外。

本來他把這趟旅行當成應酬公差，不期待獲得精神上的放鬆。然而其他人此刻全都離得老遠，鄉間空氣清新，景色優美，早餐好吃，又經過昨晚的胡鬧，對總裁的敬畏之心被親近之情取代不少，理所當然值得一份好心情。

察覺到連城渾身上下散發出可疑的愉悅，張雁鳴抬起頭，用眼神表達無聲的疑問。

連城沒閃躲他的視線，微笑著反問：「在寫什麼？」

倒是張雁鳴的視線很快躲了開去。

「付小費。」

喔，是支票？連城伸長脖子，看見票面上寫著的數字，笑道：「嘴巴說小費，填上去的金額卻是收購。」

「這個地方昨晚幫了大忙，我的謝意就是這個數字。」

「至少你沒把整個村子買下來，剷平了蓋購物中心。」

張雁鳴撕下支票，收起本子，改拿刀叉的手停頓在餐盤上方，認真的語氣裡充滿疑惑，「百貨商場不在萬歷跨足的事業版圖，蓋在這裡也不合適。」

「我的意思是……是……算了。」連城放棄說明，端起了茶杯轉移話題，「這茶很香。」

「眞的？」

總裁眼睛一亮，建議道：「加點牛奶或檸檬，味道更好。」

連城平常都喝咖啡，對茶一竅不通，來蘇格蘭喝茶純粹入境隨俗。他知道張雁鳴在英國讀過書，當然懂得多，於是認眞請教，問了不少問題，也試著實際添加牛奶，茶香果然有所變化，嘗到更多層次的醇厚甘美滋味。

連城對早餐茶的認可與興趣很投張雁鳴的喜好，兩人從英國茶一路談到張雁鳴的留學經歷，內容輕鬆穩當，沒有再爆出尷尬的對話，是自涼亭相識以來，堪稱氣氛最自然的一次交流。

直到旅館老闆在外頭鳴喇叭叫喚，才結束了這頓意外愉快的早餐。

離去前，他們向看顧酒館櫃臺的年輕店員道別，張雁鳴遞出支票，解釋自己雖沒有現金，仍想表達謝意。

年輕店員本來就不信任現金以外的支付方式，再看到票面數字，瞬間所有心裡的想法全部顯現在臉上。

在對方又說出什麼話傷害總裁的自尊心之前，連城壓低聲音，搶先開口，「房錢已經付清，就算小費跳票也沒損失不是嗎？拿去銀行試試吧！」

他笑著拍拍年輕店員的肩膀，也塞了幾張小額美鈔過去，聊表心意。

頂著年輕店員不以為然的懷疑目光，他們走出酒館，終於得以離開這座小村莊。

✦

外頭的氣溫比昨天出門時低了幾度，天空依然是灰色的，烏雲仍舊存在，細雨不時降下，一陣陰一陣雨，沒有太陽，也沒有強烈的風雨。

車行約一個半小時，連城和張雁鳴在鎮中心的銀行門口下車，旅館老闆從駕駛座車窗朝兩人揮手道別，便繼續開往城鎮的另一頭。

到了鎮上，張雁鳴做的第一件事就是打開手機，久違的滿格訊號讓他大大鬆了一口氣。

總裁立即打電話回莊園，連城則逛進隔壁商店詢問交通資訊，當他回來的時候，發現總裁又在皺眉頭。

「小蝶說現在沒有人手來接，要我們晚一點再聯絡她。」張雁鳴瞪著已經結束通話的手機，對這個結果不太滿意。

「正好，這份公車時刻表可以派上用場。」連城揚了揚剛取得的一疊觀光指南。

搭公車？張雁鳴有些遲疑。他不喜歡公車，認爲那是不可靠的交通工具，人生當中也沒搭過幾次。

連城看得出對方的不情願，「或是你想留在鎮上等？我都可以。」

張雁鳴很想任性地表示他兩者都不要。

他瞧了眼時間，又看看周遭環境，小鎮再怎麼純樸可親，終究還是不敵想盡快返回住宿地的念頭。

「就搭公車吧！」

連城和張雁鳴都是口袋空空，爲了支付車錢，必須得先從提款機取得現金，再到一旁的商店買兩把雨傘，找開大鈔之餘，也爲詭譎多變的天氣多一分準備。

這些瑣事，自然而然都由連城操辦。張雁鳴注意到連城離開商店時還拎了只小塑膠袋，好奇他買了什麼，又覺得事不關己，不宜過問。

公車很準時，到站時誤差只有幾分鐘。

車上乘客小貓兩三隻，空位居多，張雁鳴選了靠窗的位子，連城則挨著他坐。

車行顛簸，兩人不時碰觸的肩膀起初很令張雁鳴分心，隨著時間拉長，車裡的強勁暖氣便占到上風，密閉空間既暖且悶，他睡眠不足的腦袋變得昏沉，眼皮一下子閉起，一下子又睜開，漸漸地，閉起時多，睜開時越來越少。

不知過了多久，忽然有人拉扯張雁鳴的手臂，他驚醒過來，聽見連城的聲音嚷著快點快點。他剛從睡夢中醒來，搞不清楚狀況，急急忙忙跟在連城身後下了車。

公車絕塵而去，留他們在一條無人的道路旁。極目四顧，一支孤零零的站牌是視野範圍內唯一的人工產物，與張雁鳴想像中的住處附近截然不同，倒是有昨天傍晚遇難時的強烈既視感。身旁的連城同樣一臉茫然，他不確定那該算是令人欣慰，還是令人更加憂心。

「怎麼回事？我們搭錯車了嗎？」

張雁鳴抬起頭細讀站牌標示，連城也湊過去看，而後表情從困惑到恍然大悟，最後露出苦笑。

不是搭錯車，是下錯站。

這一站的名稱跟他們的目的地無論拼法或讀音都太過相似，像到對外地人來說根本是個陷阱。

「我正在打瞌睡，以為聽見我們應該下車的站名……」察覺總裁投來的目光不太親切，連城忙又辯道：「你也一樣在睡覺啊！責任應該平分。」

「我會睡著是因為昨晚嚴重睡眠不足。」總裁也跟著辯解。

「怎麼會？不是把正常的床換給你了嗎？」

「就是你那麼做了，我才睡得更不好！」

連城詫異地瞪大眼，張著嘴好一會兒才問：「摔下床的時候，你是不是撞到頭？」

所以才做出這種沒道理的奇怪發言。

連城一臉關切，靠近幾步，作勢要檢視總裁的後腦勺。

張雁鳴立刻退開，他緊皺眉頭的模樣，在連城看來分明就是頭在痛。

「我們……先解決眼前的問題行嗎？」

儘管總裁說的是「我們」，但實際上當然是連城來想辦法。

連城的視線在手裡的指南和站牌之間來來去去，沒多久，他發出一聲歡呼，「好消息！我發現我們可以走路，大概三公里——」

總裁點點頭，步行三公里勉強可以接受。

「——就能抵達昨天沒去成的修道院遺址耶！」

什麼？

「不是在說走回住處？」

「那不行，太遠，腿會斷。」連城搖了搖手，抬頭又確認了一遍站牌上的時刻表，「下一班車要兩小時後才會來，橫豎就是有那麼多時間要打發，我們散個步、逛一逛，完成這趟行程的最初目的，再回來搭車，不是更圓滿嗎？」

他越說越是振奮，開始認爲自己根本就沒有下錯站，「不覺得叫我們在這裡下車的正是命運嗎？我們不能違抗命運的召喚啊！」

關於這個多管閒事的命運，張雁鳴有好幾個難聽的字眼想講。

他仰頭看了看頭頂上灰撲撲的天空、飄忽不定的烏雲。這兩天所有臨時起意、說走就走的計畫，換來的下場包括座車故障拋錨、暴雨、泥濘、寒冷、鬼屋住宿、腰酸背痛，更令人髮指的是有人指控他的支票可能跳票！而現在又要再次說走就走，張雁鳴很難不感到擔心。

然而，面對連城有如作弊的燦爛笑容，一切的擔心都像徒勞。張雁鳴重重嘆了口氣，心想，早知道就該選擇留在鎮上等待。

直行大約一百公尺，就是通往修道院遺址的岔路，路面泥濘濕滑，每一步都得走得格外小心。途中兩人皺巴巴的褲管難免濺上汙泥，鞋子更加慘不忍睹，幸好那個天殺的命運還有點良心，陰陣雨逐漸轉爲陰天，一半路程之後已用不上雨具，比較起昨日的狼狽實在輕鬆太多，他們邊走邊聊，不時還有閒情逸致慢下腳步欣賞周遭景致。

小徑最後連上一條可供雙向行駛的車道，本該是他們昨天駕車過來的路徑。

想到駕車，連城的歉疚便湧上來，「你覺得被我們拋下的奧斯頓馬丁還有救嗎？」

張雁鳴聳聳肩，他並不太懂車。

「壞就壞了，大哥的收藏滿坑滿谷，奧斯頓馬丁就有三四部，他不會介意。」他想了想，又說：「遠溪出生後，大哥放棄了許多嗜好，包括不適合搭載幼童的跑車，很可能他根本不記得有這樣一部車放在英國。」

連城驚詫道：「是大哥的車？」

哦？改口叫大哥了？張雁鳴淡淡回：「是大哥的車。」

「不是你的車嗎？」

「從沒說過是我的車。」

連城將他們在車庫的對話快速回憶過一遍，總裁還真的沒說過。他忽然感到憂心忡忡，張龍騰不在事故現場，要解釋、要請罪都得再費上不少功夫吧？不知道張龍騰的脾氣如何？最壞的情況是不是需要全額賠償？

張雁鳴倒不覺得連城有煩惱的必要，「暫且不說這件事不該由你負責，如果大哥眞要找你麻煩，你就僱用張蝶語大律師處理吧！我們家的律師不敢打贏大小姐，保證一毛錢都不會讓你出。」

連城吐舌頭笑道：「我隨便增加大小姐的工作量，要是因此挨罵挨揍，總裁記得來救我喔！」

叫大哥叫得這麼親暱，叫我就是總裁？張雁鳴頗有些不平衡，又自覺這番計較無聊可笑，更怕被發現，心中忐忑，連城接著說起霸道律師張蝶語的各種豐功偉業，倒有一大半沒聽進耳裡。

三公里路，徒步耗費的時間沒有想像得久；眼前的景象，卻是遠遠勝過預期。壞天氣裡的冷僻景點沒有半個人影，空蕩蕩地杳無人跡，爲已成廢墟的修道院遺跡添上平時難有的蕭瑟氣息。

選擇這一處景點，愛的就是這一款風味。張雁鳴知道自己該慶幸下錯站牌，走了三公里泥濘小徑外加上坡路，才有如此恰到好處的機緣。

但他不是很甘願滿足那個此刻正天花亂墜歌頌命運安排的傢伙。

張雁鳴搖搖頭，想起今早在腦中爲連城列舉的那份優缺點表單，嘴角不自覺勾起。說話浮誇照理該歸進缺點列，可是就他的感受而言，卻是一點負面的影響也沒有。

連城忙著用手機鏡頭獵取美景，每一處都不放過，張雁鳴則只是在廢墟中信步閒逛。

整個景點的範圍並不大，其地勢與位置帶來的開闊視野，則是另一項珍貴資產。荒野環繞坡頂遺址，鋪開來像一疋無接縫的畫布，繪著無窮無盡的綠，綴著黑鑽般的岩塊，綿延起伏，直到盡頭的一泓海藍，和天空連成一氣，又從湛藍到淺灰，通過頭頂上方，朝向另一側無限延伸。

張雁鳴佇足在石牆外緣，極目遠望，濕潤的青草香隨著幾次深呼吸湧進肺腑，說不上芬芳，但是清爽透涼，很是舒暢。

他聽見快門聲，轉過頭，連城放下手機，正衝著他笑。陽光終於突破雲層，撒在山頭、綠地，撒在連城的髮上臉上，閃閃發光。連城沒穿外套，爬坡時流下的汗水使得衣衫緊黏住身體，描出的線條幾乎有害風化。張雁鳴昨晚沒敢多看，現在卻難以移開視線。

這坡頂的景色，的確超乎預期。

張雁鳴背倚石牆，席地而坐。不久，連城也加入他，在親近又不失禮貌的距離外坐下來。

時間已近正午，陽光讓空氣變得暖和起來。連城從塑膠袋裡拿出兩瓶水和數條巧克力，對半平分。

張雁鳴道謝接過，嘴角忍不住泛開一抹笑，「原來你有預謀。」

「冤枉啊大人，明明是有備無患。」連城也笑著回應。

張雁鳴咬了一口巧克力，味道甜得嚇人，不太符合他的喜好，卻也不覺得討厭。

「其實，這兩天一夜的經歷，不是全部都很糟糕。」

「真是慷慨的評價，跟『旅館的浴室很好』的等級一樣嗎？」

「你要抓著那句話追打多久？」

「不曉得，直到你願意實話實說爲止？」

「好吧。」張雁鳴輕嘆一口氣，「往後遇見不喜歡的事物，我會盡量老實承認。」

「太負面了，怎麼不說遇見喜歡的呢？」

他們交談時，是互相看著對方的。連城覺得總裁的眼神一瞬間柔和許多，甚至摻進些許他無法理解的感傷。他來不及確認自己是否看錯，總裁就把視線收了回去，遙遙投向遠處。

「我說了盡量，不是百分之百做到。」張雁鳴微微一笑，「不過，我是眞的喜歡這個地方。甚至昨天，如今回憶起來也很特別，算得上一生一次……我希望眞的是一生一次，無論是淋雨，還是那樣的住宿經驗，都不要再有第二次了。」

「我倒不介意多重複幾次，尤其是萬歷大總裁付不出旅館錢的難得場面。能目睹那一刻，價值連城！」話說完，連城大笑起來。

「小心點，別忘記這裡也是殺人棄屍的好地點。」張雁鳴搖著頭，卻也沒忍住笑聲。

或許是環境的緣故，遠離塵囂，置身遼闊的荒野，世俗的煩憂忽然變得渺小，變得無足輕重。

想要與連城保持距離的企圖再次失敗，張雁鳴卻沒有感覺到任何不安，堵塞在胸口的滯悶也沒有加重，反而有一股微溫，慢慢擴散開來。

Chapter 12

「我和總裁成爲朋友了！」回到莊園，連城一踏進張蝶語的房間便舉起雙手歡呼，「或者說，成爲準朋友……有準朋友這種說法嗎？」

他得到的回應是張蝶語緊張的噓聲。

「噓，快點關上門，關上門啦！」

連城遵照要求關閉房門，同時瞇起眼，伸長脖子往桌上的筆電螢幕看。

哦，和小畫家視訊，難怪鬼鬼祟祟，見不得光。而且大律師沒有分心同時辦公，是小畫家才有的尊榮禮遇。

暱稱小畫家的鄒文雅本來正在說話，見連城出現在視訊畫面上，立刻閉嘴，視線侷促不安地往四周飄動。

明明他與連城也算得上認識多年，早不是陌生人了。

連城從後方挨近張蝶語，越過她的肩膀，笑咪咪對著鏡頭打招呼，但必須保持安全距離，不能眞的貼到人，張大小姐的肘擊可不是鬧著玩的。

「這是我們即將共度的第三個夜晚，擔不擔心？吃不吃醋？」爲了幫忙小倆口，連城耗上不少時間心力，自認有資格偶爾開個玩笑。

鄒文雅滿臉迷惑，「可、可是，小蝶說連大哥昨晚沒回去，今天應該是、是第二晚吧？」

小畫家不負期待，完全劃錯重點。

「哦？原來妳知道我一夜未歸？一定害妳擔心得要命，眞不好意思。」連城說這番話全是諷刺。早上在小鎭打開手機，半通來自張蝶語的未接來電或訊息都沒有，這個假女友根本毫無良心。

「哎喲，我熬夜工作，接到四哥的電話才知道的嘛！再說，你人不是好好的？」張蝶語邊說邊把連城從鏡頭前推開，「先到一邊去，我跟文雅有重要的事沒講完，不要來搗蛋！」

連城才沒興趣聽小倆口情話綿綿，哈哈大笑走開。他跳上張蝶語的床，倚著床頭板半躺，掏出手機，忙忙碌碌滑起來。

十來分鐘後，張蝶語結束通訊，湊過來看連城的手機螢幕。

「這兩天的照片嗎？我要看！」

「等一下，先讓我把照片傳給妳哥。」

「我哥？我四哥？你要用手機把照片傳給我四哥？」

「難道要特地印出來嗎？回來的路上趁有訊號，我們互相加了電話和通訊軟體好友，聯絡比較方便。」

「哪一支號碼？」

連城找出名爲「大總裁」的聯絡人，把對方的手機號碼報出來，張蝶語聽出那是兄長的私人手機號碼，大爲吃驚。

「哇，你說你們成爲朋友，竟然不是胡說八道！」張蝶語仍舊覺得不可思議，硬要連城秀出畫面讓她親眼確認。

連城只覺得她大驚小怪很好笑。

「互留手機號碼很稀奇嗎？髮型設計師有我的手機號碼，餐廳常客有我的手機號碼，連小畫家都有我的手機號碼不是嗎？」說到小畫家，連城開玩笑地問：「他還好吧？十幾天獨自生活，撐不撐得過去？」

張蝶語卻是認眞想過才回答，「出門前，我把食物和其他民生必需品都補足了，外送外賣各種網購平台也輸入在他的手機裡，生存應該不是問題。但是他今天遇到一個困難。」

她也坐到床上，把連城往另一邊擠，開始講起所謂的困難。

原來，張蝶語和小畫家住著的社區有位鄰居，三不五時就帶著各種法律問題登門麻煩張大律師提供諮詢。昨天那位鄰居照例又來了，既然張蝶語不在，不擅人際往來的小畫家當然不去應門，裝作無人在家。

卻沒想到，小畫家今早開門收快遞時，不巧被那位鄰居撞見。對方或許是想打個招呼，問問大律師的行蹤，便喜孜孜衝過來，似乎有千言萬語打算訴說，把小畫家嚇個半死。他飛快從快遞人員手中接過包裹，下一秒就關門上鎖，任電鈴聲響了好久好久。

小畫家躲在家門後是暫時安全了，可是接下來幾天有外送有宅配要上門，他不知道該怎麼辦，所以向遠在天邊的女友求救。

張蝶語雙手環胸，皺眉嘆了口長氣，「聽他說這件事，我真的覺得——」覺得異性戀的世界令人費解？覺得爲什麼連小畫家都擁有甜蜜穩定的戀情，其他單身直男是不是受到詛咒？

「——覺得好心疼！恨不得趕快飛回去保護文雅！」

連城也學著張蝶語重重嘆氣，「唉，你四哥還覺得這兩天一夜過得不舒服，應該讓他聽聽小畫家經歷的磨難，不要人在福中不知福。」

張蝶語抄起一顆枕頭，朝連城身上猛砸，「少在那邊假同情眞諷刺！惡劣、沒良心！」

連城笑翻在棉被堆裡，連抬手臂阻擋也沒力氣。

張蝶語又砸好幾下，才甘心收手。

「快說，昨天發生什麼事？爲什麼一夜都沒回來？」

連城愣了愣，對誠實應答感到猶豫。他發現他並不想跟任何人分享這兩天一夜的細節。

「……沒發生什麼事，一點交通意外罷了。」

「就說嘛！四哥竟然還在電話裡怪我都不擔心你。」

「他那麼說過？」連城很驚訝，他可不知道張氏兄妹曾有過這樣的對話。

「對啊，管好寬！」張蝶語微微鼓起臉頰，「他旗下有家萬里海運，就覺得自己是海洋領主，可以管遍七大洋。」

「妳四哥人眞的很好。」

「先對我好才合理啊！」

✦

當天傍晚，張家其他成員從農場回來，隔日展開名符其實的家族旅行。一大團人，七嘴八舌，和前兩日的氣氛天差地遠。

張雁鳴是行程的總負責人，大概是因爲整趟行程所有安排都是由他的特助們一手包辦。長媳鄭寶妍是得力的幫手，她懂公婆的脾性，比誰都擅長討兩老歡心，至於其他人都被劃入一般團員，算不上豬隊友，卻也沒太多用處。

連城是外人，是個低調乖巧的小團員。他盡最大的努力降低自己的存在感，卻躲不過孫少爺們的注意。

長孫張曉峰正處於彆扭的年紀，加上和繼母之間心結難解，不喜歡長時間待在父母或任何具有說教可能性的長輩身邊，於是選擇來找姑姑的男朋友，那個敢嗆他的奇怪大人。

張遠溪則是跟屁蟲性格，最愛黏著堂哥，連城甩不開第一個，就得全部一起接收，兩件一組不拆賣。

陪伴孫少爺們的重責大任就這樣莫名其妙落到連城這個外人身上。

搭車的時候、用餐的時候、步行的時候，他若在張蝶語身旁，另一邊一定是某個孫少爺，有時連張蝶語也逃跑，他便遭到孫少爺們的包圍。

這份差事讓連城獲得許多不實用的資訊。

像是張遠溪的愛龜原來不只一隻，而是一整個烏龜大家族，擁有錯綜複雜的設定，連城是少數認眞記住的大人。

像是張曉峰今年的生日禮物會是一匹小馬，這位將來的霸道總裁講起他的小小馬兒，雙頰紅通通的，難掩興奮，忘記要假裝成熟，竟然有點可愛。

這段期間，連城不斷努力尋找機會，想跟張龍騰說明奧斯頓馬丁的悲劇，親自向對方謝罪。

苦惱了幾日，他終於在某個傍晚逮到張龍騰在花園旁的小廳悠閒獨坐。

「大哥，關於您的車——」

「我聽雁鳴提過了。」連城剛開口就被張龍騰打斷。

張龍騰的微笑在張家眾兄弟間一直是最自然溫暖，也最容易見到，他招呼妹妹的男友坐下，斟了一杯自己正享用的熱茶遞過去。

「他說得沒錯，我的收藏眞的太多，最近幾年都沒花什麼時間在它們身上，定期保養都交給別人負責，連抽空欣賞幾眼也做不到，已經不能算是個愛車人了吧？」

直覺叫連城別開口附和，傻笑喝茶就好，張龍騰的表情語氣並不像是眞的想要答覆。

果然張龍騰又自顧自說下去，「與其像古董般被供著，它們更希望在路面上奔馳吧？迎著風、裏著陽光，讓全身上下都沾滿泥沙！」

要命，開始將那些車子擬人化了。

「老天，我眞想念年少輕狂的時候。那時多麼任性妄爲，想去哪兒，發動引擎就上路！聖地牙哥的藍色公路，托斯卡尼山城的橄欖樹、葡萄園、綿延起伏的綠色丘陵……」

張龍騰的聲音越來越輕，宛如嘆息，把思緒帶回到許多許多年前。連城不敢出聲打擾，靜靜陪在一旁。

忽然，張龍騰回過神，站起身，「來吧！」

來……來吧？

搞不清楚狀況的連城被張龍騰領著去了車庫，選中了法拉利，由張龍騰駕駛，載著連城出門兜風，一面滔滔不絕憶當年，一面大播歌劇，展示車用音響所能到達的最高品質。

他們在天黑前趕回莊園，車主神清氣爽，乘客滿頭霧水。這趟女武神的騎行在連城的腦中繚繞兩日，他仍然不知道總裁究竟是怎麼向張龍騰交待整件意外。

假期的最後幾天，一行人飛到倫敦，原本行程中沒有這個地點，是爲了滿足團員們的購物需求才添上去的。

✦

當晚，連城被張蝶語的兄長們要求換上西裝，說要帶他去會員制的俱樂部吃晚餐，享受一晚純粹的男士之夜。

連城還以爲那是某種聲色場所的隱晦代稱，直到四位張董帶領他來到一棟沒有任何標示的建築物，厚重木門後是另一個世界，他踏進充滿舊時代風華的氣派廳堂，才發現自己錯得離譜。

這個令連城聯想到飯店高級沙龍的俱樂部，不可能是聲色場所，因爲現場沒有半個女性，包括工作人員在內，今晚眞的是純粹的男士之夜。

「女賓止步的古老規則其實老早就取消了，不過女士們顯然有更喜愛的消遣場所，鮮少在這裡見到她們。」

張龍騰爲他解釋的同時，張雁鳴正和幾名同樣西裝革履的中年男子簡短寒暄。連城聽見對方姓名前面的一長串頭銜，以往他只在文學著作裡讀到過。

哦，原來是講究會員身分地位的那種傳統紳士俱樂部。

連城不是容易退縮的性格，但是當他親眼見到與個人努力無關的巨大階級鴻溝時，震撼來得太強太急，讓他的腳底生了根，忽然難以往前邁步。

正躊躇時，有人碰觸他的手肘。

連城的視線從那人衣袖上的寶石袖扣慢慢往上移，最後抵達那雙彷彿能看見他心中困擾的明亮眸子。總裁今天沒有戴眼鏡。

張雁鳴輕捉著連城的肘部，溫和卻不容抗拒地將他往廳內帶，剛才那些擁有厲害頭銜的傢伙們已經不見人影。

「這裡很歡迎會員帶來的朋友，通過嚴謹審查的會員，不可能與不符合俱樂部水準的人爲伍。我帶來的人，會和我一樣得到敬重。」

總裁一字一字說得清楚鄭重，他在主場的自信感染了連城，連城的腳步不知不覺輕快多了。

「嚴謹的會員審查都看重些什麼？年收入？職業？家世背景？」

「你說的那些都是參考依據，另外還需要全體會員的同意。」回答連城的是張龍騰。

老三張鳳翔笑嘻嘻補充，「確保將來不會在俱樂部遇見討厭的傢伙。」

想到自己的身分，連城微微一笑，「除非對方是會員帶來的朋友。」

張鳳翔連忙噓他，「胡說，不要烏鴉嘴啊！」

如同過去兩個星期的每一餐，當然，落難的那兩天除外，俱樂部提供的料理從餐具、食材到掌杓的大廚，都是上佳水準。

連城餐餐吃得太好，感官都快麻痺。雖然對不起金主大人，但是他嘴裡品嘗著肥美鴨肉，心中卻已開始想念家鄉的小吃。

餐後眾人移動到沙發區，那裡幾乎跟剛進門時的大廳一般寬敞，有一座華麗得荒謬、燒著眞木頭的巨型壁爐。

他們挑了壁爐附近的座位，侍者送來玻璃杯、冰塊和一整瓶威士忌。烈酒滑下喉嚨，舒緩了神經，也鬆動了舌頭，連城第一次見到老二張虎嘯打開話匣子，投入在兄弟們的閒談之中，十分鐘說的話幾乎多過兩週旅程的全部總和。

連城可沒那麼愜意，儘管程度已減弱，那種走錯場合的格格不入仍舊存在。

他不是第一次見識到張家的財富與地位，然而無生命的豪宅名車黑卡不會評價他人，出入這間俱樂部的名流權貴們卻絕對會那麼做。

好比某個正巧走進廳室的大亨，對方投向連城的目光就帶著禮貌、距離以及滿滿的審視意味。搞不好這一眼已經看出連城的服裝血統不純，價格少個零。

但是，也可能一切都是連城自我意識過剩，沒有人眞的在意他。在這個金權氣息比烈酒更強勁的高檔會所，連城這個人搞不好根本顯現不出半點存在感。

連城挪了挪身體，坐在此生所見最舒適的沙發裡略顯焦愁。

每當連城勉力壓制的不自在又逐漸升起時，坐在左首的張雁鳴便會傾身過來，對他低聲說話，有時順手把連城的玻璃杯塡滿，一邊說起剛剛經過的某某和某某的軼聞趣事，或是針對兄長們正談論的話題提供簡要的解說。

爲了不干擾到其他人，張雁鳴說話很輕，離他很近，低沉的嗓音微刮著連城的耳殼，很舒服。

連城總會因此寧定下來。明明今天的張雁鳴是兩人認識以來最有總裁派頭的時候，不但摘下戴了十多天的眼鏡，梳了一絲不苟的嚴肅髮型，挨得近時還能聞到皮革混著松木的昂貴香水味。連城該要心生敬畏，感覺到距離，偏偏他沒有。

連城想起那些掛著厲害頭銜的權貴和總裁互動時的態度，再比對總裁怎麼待自己。那個萬歷的張雁鳴，那個隨便一句話一個動作就能牽動無數凡人命運的億萬富豪，正靠在自己身邊輕聲耳語，就爲了照顧他的心情，彷彿他舉足輕重。

連城不是聖人，而是會受到影響的凡人。他受寵若驚，加上喝了點酒，不覺有些飄飄然，下意識便轉頭，對總裁報以一個或許太過放肆的笑容。

然後連城那麼近地，遇上張雁鳴的視線。

張雁鳴的一隻手搭著連城肩後的沙發上緣，火光在他的瞳中閃爍，灼熱堪比壁爐中的眞火。那樣的眼神，連城從未在異性戀男人的眼裡見過，甚至在同類身上也少有。

但那根本不可能，自己一定是……一定是酒喝得比想像還多，導致眼花。

糟糕！他都忘了酒精的危險性，萬一露出馬腳可怎麼辦？心頭一陣恐慌湧上，連城短暫閉了閉眼。

再睜眼時，所有他在張雁鳴眼裡見到的錯覺果然全數消失無蹤。總裁撤開了手臂，身子靠回椅背，望著手裡半空的酒杯，微微皺起眉頭。

氣氛莫名有那麼點尷尬，連城正打算說些酒精害人的鬼話，背後忽然有另一個聲音傳來，一個壓低了但明顯帶著驚訝的男子聲音。

「大哥？啊，還有二哥、三哥！」

所有人都抬頭望過去，一名衣著氣質神采都和俱樂部完美契合的三十多歲男子站在幾步距離外。那人滿臉欣喜，趨上前和同樣驚喜的三位張董一一握手。

最後，他的視線落向總裁，無比懷念地叫了聲：「雁鳴。」

而那個雁鳴，只是點點頭，與其他所有人的驚訝欣喜絕緣。

男子當然也注意到連城，一個老實說不應該出現在這種場合的陌生人。連城可沒錯過對方來不及藏好的疑惑與警戒。

「連城，為你介紹一下，」

張龍騰說著從沙發起身，連城立刻放下酒杯，跟著站起。

「江仲棋，明新醫院的明星醫生、院長公子，從醫術人品到外表家世都是無可挑剔的青年才俊。」

「大哥別又胡亂誇我，怪不好意思的。」

連城聽說過明新江家，醫界的望族，和萬歷張家是世交，張蝶語偶爾也會提起。

此人品行雖不清楚，但醫術有口碑，家世顯赫，外表英俊挺拔，張龍騰並沒有胡亂誇獎。

「這一位是連城，家族友人。」

江仲棋面露微笑，等待了一會兒，卻沒等到更多補充。

張龍騰其實很想多說幾句，可是凶狠霸道的妹妹不准他們講，除了「家族友人」四個字，誰敢多嘴多說，下場都會無比慘烈。即使是老夫人，在年節期間也只說女兒有個好對象，沒敢多提所謂好對象的半點個人資訊。

連城對此是很感激的，畢竟他和張蝶語遲早要「分手」，現在越低調，以後越省麻煩。

初見面的兩人都帶著笑容握手，互相說幾句不著邊際的問候。連城幾乎能看見江仲棋的腦袋正在拚命轉動，搜索是否存在有與連城同姓的上流人士。他爲對方注定的一無所獲深感同情。

「這麼巧，你也來倫敦玩啊？」張鳳翔問道。

「參加研討會。今早剛結束，會議上認識的同行是這裡的會員，邀請大家來喝兩杯。」江仲棋的視線不知不覺又回到總裁身上，「眞的很巧。」

張鳳翔在沙發上直起背脊，朝外遠望，「你說你的同伴們在哪裡？哦！那邊嗎？那個背影是柯曼嗎？」

得到肯定的答覆，張鳳翔便高高興興說要去打個招呼。

江仲棋當然要陪著過去。張雁鳴無動於衷，只說請三哥代爲問候。江仲棋臨去時一臉失望。

等兩人離得夠遠，張龍騰說起江仲棋曾經是總裁的高中同窗。

「他有個妹妹，從小迷戀雁鳴，到現在還不肯放棄。雁鳴就是沒意願，這個不要，那個不要，每個千金大小姐都看不上眼。」

「我對大戶千金不感興趣。」

「門當戶對還是有道理的。」張虎嘯沉靜的嗓音加入了談話。

「你後悔嗎？」總裁的詢問和眼神都有些銳利。

「……沒有。」張虎嘯頓了頓，喝乾杯裡剩餘的酒，「只是不建議別人走相同的路。」

張龍騰轉過頭來，對連城笑道：「別怕，不是說你和小蝶。」

連城聳聳肩，腦中浮現的是小畫家和張蝶語的甜蜜同居生活。「我不覺得那對小蝶來說會是問題。」

「很多時候，心裡過不去的是另一方。這麼多年……你總以爲這麼久的時間是個證明，偏偏……偏偏……唉！」張虎嘯又把空杯倒滿。他的臉頰已被酒氣熏紅，比其他人都明顯，不知是因爲喝得較多？酒量較差？還是心情較悶？或者以上皆是。

張龍騰開始安慰弟弟，連城沒細聽，他想著小畫家將來踏進萬歷張家這個階級的圈子，會跟藍領家庭出身的二嫂高美君一樣難以適應嗎？張蝶語的氣魄比二哥張虎嘯強得多，能替伴侶扛住更多壓力，保住小倆口的美滿嗎？

連城想要樂觀看待，可是此刻他人在這裡代打的事實，似乎正訴說著完全相反的結論。

接近死沉的氣氛中，張鳳翔快活的聲音極不搭調地響起。

「嘿，好消息！我和仲棋談好了，要爲他和他的朋友們舉辦一場派對！」張鳳翔得意洋洋地笑著，「大家都要參加，不准缺席喔！」

總裁偏過頭來，覷了連城一眼，眼裡滿是怨氣，「都怪你的烏鴉嘴。」

Chapter 13

連城坐在往二樓的階梯上，啜著玻璃瓶裝可樂，旁觀屋裡屋外人來人往，大批工作人員爲即將開始的派對奔走忙碌。

國外旅遊途中舉辦派對，連城到現在依然難以理解。

但是張家的每個人都習以爲常。幾名兄弟在俱樂部就這件事表態，老二老四反對，老大老三贊成，連城裝死到底，每次大哥張龍騰客氣詢問他的意見，他就掛著微笑說請四位張董拿主意就好。於是老三張鳳翔瞪他，覺得他自稱書迷，應該相挺；總裁也瞪他，覺得他……覺得他……好吧，他不知道總裁怎麼想，但那絕對是個怒視叛徒的眼神。

反正他選哪邊站都不對嘛！

四兄弟互相妥協，最後達成協議，派對將在下午舉行，六點前結束，活動空間侷限在一樓，避免影響老人家和孩童的作息。

回到住宿地，其他家族成員陸續加上各種規則，其中之一是張蝶語再次禁止任何人對外公布她和連城的關係，讓連城鬆了一大口氣，成爲派對焦點是他最不希望發生的事。

派對舉辦地點當然是此刻落腳的倫敦房產，張家已擁有並使用多年，雖也是座獨棟大宅，但是尺寸比蘇格蘭莊園合理得多。

一大早，先是工作人員在庭院架設舞台，然後是花藝公司、外燴公司和侍者們陸續出現。剛過中午，透過連接後院的大玻璃門，已經可以看見身著白色禮服的小型樂團在鮮花裝飾的舞臺旁邊調整樂器；以蛋糕、餅乾、麵包之類輕食爲主的大批食物也鋪滿好幾張長桌，空氣裡都是甜味。

打扮得像一對穿花蝴蝶的張鳳翔夫婦扛起總負責人的大任，身影處處可見。不喜歡湊年輕人熱鬧的張延齡夫婦，則早早帶著保母和乖孫們展開遊樂園之旅，避開派對舉辦的時間，帶孩子不願假手他人的高美君是唯一跟去的媳婦。

而張曉峰是唯一留在大宅的孫輩。

張曉峰此刻就坐在連城身邊，手裡也拿一瓶可樂，愁眉苦臉，滿腹心事，卻一句話都不說，擺明要別人主動慰問。

連城只好展現成熟大人的風範，當那個主動開口的人。

「有心事？」

沒有回應。

「如果我保證不說出去呢？」

張曉峰嘟起嘴，猛皺眉頭，雙手緊緊捏著玻璃瓶，好一會兒，才終於聽見他滿懷怨氣的委屈聲音。

「……我聽見他們在說要生一個弟弟。」

「他們」指的當然是張虎嘯夫婦。

「哦？很好啊！」

「好個屁！生下新的兒子，他們就不需要我了！」

果然是家庭問題。

連城以前就聽張蝶語提過幾次，關於氣焰甚高的長孫和溫順自卑的繼母，兩人之間零互動的尷尬狀況。高美君對自己在家中的地位感到不安，便認爲生個親兒子可以解決一切問題，卻忽略了張曉峰的感受。張虎嘯夾在中間，覺得長子尙有眾人疼愛，立場於是偏向妻子較多。

張家上下都爲高美君這個不知能否實現的願望抱持著不同程度的憂慮，連張曉峰這個本該無憂無慮的小學生都無法倖免，連城實在覺得可憐可嘆，又荒謬可笑。

一不小心，他眞的笑了出來。

這個笑自然也激怒了孫少爺。

「有什麼好笑？」

「啊，抱歉抱歉！的確不該笑。」連城立刻收斂笑容，笑意卻還留在聲音裡，「知道爲什麼你的繼母那麼努力想生個弟弟嗎？」

「取代我啊！」

連城翻了個白眼，「因爲她很害怕，害怕沒有親生兒子，會失去在你家的地位，甚至婚姻，還有你爸爸的愛。」

張曉峰難以置信地望著連城，這是第一次有大人跟他說這種事，「她是白痴嗎？」

「在許多豪門，那是很正常的恐懼。」趁路過樓梯旁的工作人員不注意，連城快速起身，又摸走兩瓶可樂，塞了其中一瓶給張曉峰。「跟你家不同，我媽是個工作非常忙碌的職業婦女，幾乎缺席我的整段成長過程。多年後她退休，空閒下來，我已經成年了，也習慣獨立生活了。她不知道怎麼當一個母親，我也不知道怎麼當個兒子，我們相處起來更像朋友，而且是只活在通訊軟體裡，久久見一次面的那種朋友。」

「哼，你想說你比較慘，要我知足嗎？」

連城無奈地嘆了口氣，他從來沒覺得自己慘過好嗎？

「我想說的是，親子關係有各種樣貌。跟多數人不同，或是根本不曾擁有過，都沒什麼大不了。像我就活得不錯啊，也沒歪掉，你就更加不會有問題了。」

張曉峰皺起眉，默默就著瓶口啜飲可樂，那模樣老氣橫秋，乍看還以爲他喝的是啤酒。

「外公和舅舅他們都說……她愛的是我爸的錢。」

哦，豪門的終極煩惱，對方是不是只愛我的錢？連城笑了起來，「如果一個人除了錢多，沒有其他優點，別人當然只能愛他的錢。」

「我爸有很多優點！」

「那你還有什麼好煩惱？」

「萬一她沒有發現呢？」張曉峰急道：「我爸又不像叔叔那麼會哄女生高興！送漂亮的禮物、說好聽的話，這些他都很少做。上次、上次她換了新髮型，我爸完全沒看出來，他眞的……很不會對女生好。」

連城忍不住伸手去揉張曉峰的頭髮，笑道：「其實你是個滿可愛的小男孩嘛！」

張曉峰奮力撥開連城的手，大聲抗議：「不要亂講！我不是小男孩，也不可愛，你這樣亂說話，很丟臉耶！」

「好啦，小男孩，別管大人的問題，來點合乎年紀的煩惱吧！」連城拎著空瓶，拍拍褲管站起，邊說邊往樓下走，「比如，該吃哪種口味的冰淇淋才好？」

雖然滿嘴抱怨，說自己才不爲那種幼稚的事煩惱，張曉峰還是跟在連城身後一起下了樓。

他們溜進廚房，趁亂洗劫儲藏室，抱著一大堆垃圾食物回到兩人的樓梯陣地。

「嘿，說不定你會多一個妹妹，不是弟弟。」

「你不要亂講！」張曉峰驚恐地瞪大雙眼，「要是有四個妹妹，我就離家出走！」

老實說，連城沒料到和張曉峰一起大吃大喝的鬼混時光能夠這麼愉快，可惜美好時光不長久，派對的賓客開始出現，張曉峰便一溜煙上樓躲回房間。

於是連城身邊的伙伴從孫少爺換成了大小姐，手裡的甜膩可樂換成了色澤鮮豔的雞尾酒。

輕快的音樂透過敞開的玻璃門窗傳遍整個一樓空間，無數陌生的臉孔、姓名和親族關係進到連城的腦中，又迅速消散，只有極少數能留下來，包括張蝶語特地介紹他認識的幾名舊友。

如果是張蝶語的男朋友，這一類資訊當然不能輕忽，連城扮演角色可是很認眞的。

大小姐正與朋友開心敘舊時，派對主辦人張鳳翔帶著現場最快活的笑容經過，並且停下來關切連城是否有段好時光。

連城立刻恭維了派對的高水準，張鳳翔卻滿懷遺憾地搖著頭，表示這場派對根本沒有達到他的標準，如果他擁有全部的決定權，場面的熱鬧與瘋狂將是目前的好幾倍，等回到國內，他一定要邀請連城到場見識一番。

張鳳翔走開後，連城在腦中想像了一下所謂瘋狂好幾倍的派對，迅速引發額頭兩側的隱隱疼痛。

眞是好極了。

他微微低頭，靠到張蝶語耳邊問：「有止痛藥嗎？普拿疼或是阿斯匹靈？」

張蝶語疑惑地瞥他一眼。連城指指自己的腦袋，做了個誇張的苦瓜臉。

「噢，好可憐！」張蝶語也學他，同情地癟了癟嘴。「大部分的客房裡都有，你上二樓找個最近的空房間，試試浴室的鏡櫃。」

連城點點頭，婉拒了張蝶語說要叫人幫忙拿藥的提議。他可不願浪費這個暫時離開派對的好機會。

果然，連城在二樓右首的第一個房間就順利找到目標。如張蝶語所言，各式成藥塞滿浴室裡的鏡櫃。

確認過藥盒上的標籤，他配著一大杯水吞下兩片白色藥錠，就近找了張椅子坐下，等待藥效發揮。

樓層之間的隔音效果不錯，二樓很靜，得非常專心才能隱約聽見後院傳來的樂團演奏，連城的輕微頭痛也在這樣的環境下慢慢消退，眼皮慢慢闔起……

開關門的聲響讓他的眼睛倏地睜開。

有兩組腳步在房間內走動。

連城愣了一愣，嚴肅的交談聲緊接著響起，一個是總裁，一個是江仲棋醫師，前後才幾秒鐘時間，他就錯過了直接走出去表明自己也在屋內的時機。

這兩位高中同窗大概是想找個安靜的地方敘舊吧。連城不想粗魯地闖進他們的對話，寧願多等一會兒，省下可能會有的麻煩。

一開始，他謹守道德界線，不刻意偷聽別人談話，那個幾乎可說是陌生人的江醫師嘴裡卻忽然吐出連城的名字。

坐在椅子上的連城忍不住挺直身體，豎起了耳朵。

是對方先在背後議論他人，被偷聽也算老天有眼，合情合理吧？連城這麼對自己說，傾身貼在門板上，想搞清楚門外二人為什麼提到自己。

「看到你們在俱樂部裡親近的樣子，我本來很嫉妒。」

親近？有嗎？嫉妒？那就更奇怪了。連城疑惑地蹙起眉頭，好奇心燒得更加旺盛。

「後來冷靜想了想，加上在派對上的觀察，他是小蝶的男朋友吧？聽我媽說她找到了好對象。」

「我不是當事人，不便回應。」張雁鳴的聲音十分冷淡。

「我是為小蝶高興，沒有要打探隱私的意思。」江醫師的口氣裡有一種討好的急切。連城並不覺得奇怪，誰不想討好萬歷的大總裁呢？

「這就是你要說的？堅持要跟我私下談談的原因？」

連城隱約聽見一聲嘆息。

「你眞的好冷淡，這麼長的時間，從來不聯絡，不肯給我任何音訊。」

「安東沒有回你的電話或訊息嗎？」現在總裁的冷淡裡還增加了不耐煩。

「我不要你的特助回我電話或訊息！」江仲棋忽然加大了音量，嚇連城一跳。

「為什麼我不能直接和你聯繫？為什麼我不能擁有你的手機號碼？」

連城低頭望著自己的手機，裡頭存著那位明星醫師求而不得的號碼，一時不知該作何感想。

「……你出差是一個人來？老婆和孩子在國內？」

張雁鳴調轉話題的方向令連城困惑。他實在聽得太投入，已經完全忘記此刻的談話內容和他無關，偷聽不再合情入理。

「我現在不想提到他們。」

「是啊，每個進入婚姻的男女最喜歡說的一句話。」

「別挖苦我，雁鳴。你很清楚我和她的婚姻本質，她是我父母中意的對象，她要貴婦的生活，我要孩子，除此之外不過問彼此的私事，她才不會在乎我人在哪裡、做些什麼。婚姻就是一門生意，我只是做了合理的選擇。」

「自私得很合理。」

「我需要後代！需要能生小孩的女人！」江仲棋懊惱地嚷道：「不是每個人都像你，可以爲所欲爲！」

連城緊接著聽見總裁倒抽了一口氣，彷彿受到驚嚇，但他聽不明白原因。

「……我爲所欲爲？」

哦，這就是原因，連城忍不住也打了個冷顫。

「如果我可以爲所欲爲，早在你婚後第一次來糾纏不清，你的名聲和事業就該從這個世界消失了！你的研究計畫、明新需要的儀器、新大樓……這些那些的所有資金，全都和我的個人喜惡沒有半點關係！」

張雁鳴的怒吼有如雷鳴，連城的耳朵嗡嗡作響，心也突突猛跳著。他著實慶幸自己不是直接承受總裁怒氣的一方。

屋內的死寂持續了好一會兒，總裁冷靜許多的嗓音才再次響起，「你應該要感謝我從來不按照自己的私心爲所欲爲。」

「我……我說錯了……」江醫師的歉意感覺很眞誠，「但是，我對你的渴望眞的那麼罪大惡極嗎？」

連城差點把手機摔到地板上。渴望？

「聽著……」

總裁沒更生氣，反而軟化了點，出乎連城的意料。

「那個時間點很久以前就過去了。在發生任何事之前，你決定那不是你想要的，而我同意了。」

什麼？

「你有傳宗接代的壓力，我沒有出櫃的勇氣。你乾乾脆脆選擇結婚生子，我只覺得慶幸。」

什、什麼？

「我一天都沒有後悔過，時至今日，我已經不在乎你的想法。」

「……眞心話？」

「最近，我許下了承諾，往後不再做違心之論，我打算盡量遵守。」

連城的心跳忽然又快了幾拍，爲了跟剛才截然不同的原因。

江仲棋長長的嘆息之後是一片寂靜，連城的腦袋也在震撼中亂了好久。

「我們該回派對了，你是主客，突然消失不妥當。」

再次聽見張雁鳴出聲，連城的大腦才恢復運作。

比起震驚和意外，連城更加強烈的感受是後悔。他不該得知這麼重要的祕密，他能想像性傾向非自願洩漏的心情，沒有人應該經歷那種難堪。

他必須格外小心，等那兩人完全走遠才能偷溜出去，絕不能被他們發現。

於是他認眞聽著。先是腳步聲，然後是開門聲，卻遲遲沒有等到關門的聲響。

怎麼回事？連城悄悄拉開一條門縫，小心往外窺探。江仲棋不在視野內，似乎早已走遠，總裁則停留在門邊，一隻手擱在門把上，正低頭查看手機。

就在這時候，連城握著的手機冷不防發出一聲鈴響，提示音雖不算大，在安靜的空間裡跟敲鑼的效果也差不多了。

連城大吃一驚，低頭看見手機螢幕閃出一條訊息，是張蝶語關心他是否找到藥品。

之前他消失一整夜，她也沒發半條訊息過來，爲什麼偏偏選在這時候扮演體貼女友？

連城急忙關上門，卻已然太遲。

「……有人嗎？」

腳步聲重新響起，往浴室的方向越靠越近。

「是誰在裡面？」總裁質問的語氣更嚴厲了。

連城生死懸於一線，腦袋飛快運轉，雙手並用，慌忙往每個口袋掏摸……

張雁鳴打開浴室門的前一秒，連城剛把耳機塞進耳裡。他抬起頭，只見總裁石化般僵立在門邊，臉上的血色幾乎完全褪去，眼底閃過明顯的恐慌。

論恐慌，連城也不遑多讓，幸好他的演技比對方高明許多。

連城摘下耳機，盡全力擺出最驚訝最無辜的表情，「抱、抱歉，總裁剛剛在叫我嗎？音樂太大聲，我沒有聽見。」

他賠著笑臉，心臟跳得又快又猛，都快衝出胸膛。

這十幾分鐘的經歷對他可憐的心臟真的太刺激了。

張雁鳴的臉色還是一樣蒼白，但是他的恐慌似乎已得到控制，身體的緊繃極輕微地緩和下來。

「你在這裡做什麼？」

「呃，小蝶說我可以來拿止痛藥。」連城把藥盒秀給張雁鳴看，「樓下好多貴客，小老百姓壓力大，想在這邊多待一會兒，聽聽音樂喘口氣，沒料到會被你發現。」

他說完又笑，這回笑得穩定多了。

接著他站起身，開始往外走，一路不著邊際說著關於止痛藥的廢話。

張雁鳴皺眉跟在他身後，「所以……你什麼都沒聽見？」

「沒有啊！你是不是約了人談商業機密？就算聽見，我這個外行人也搞不懂的，你儘管放心好了。」

連城不確定自己有沒有成功蒙混過去，總裁只是漫不經心點點頭，彷彿陷入了深思。

片刻間他們已來到門口，連城跨出房門，總裁還在裡頭。

「抱歉，我不知道這是你的房間。」連城吶吶地說。

「只是閒置的客房，不是我的房間。」

「喔。那麼，我回派對囉！」

「……連城。」

「是？」連城又往回走了幾步。

「剛剛在聽什麼音樂？」

連城只遲疑了半秒鐘，「席琳狄翁。」

張雁鳴嗯了一聲，右手忽然迅雷不及掩耳地伸出，拔掉了連城的耳機線。

耳機線脫離手機的瞬間，音樂立刻爆出來，席琳狄翁的經典名曲《My Heart Will Go On》正唱到主旋律，音量驚人，蕩氣迴腸，震動整個走廊。

兩人都有點吃驚，望著彼此，半晌說不出話。

張鳳翔手裡抱著一疊著作要下樓，正巧撞見走廊上這詭異的一幕。

「嘿，派對在樓下，你們躲在這裡演什麼《鐵達尼號》？」

Chapter 14

連城帶著行李踏進睽違半個月的家門，開了燈，門板在身後喀一聲闔上。整間公寓靜悄悄的，時間鄰近深夜。

他的兩房公寓和三隻羊餐廳分據同一棟大樓的五樓和一樓，公寓坪數以單人住宿來說算是中上等級，包含前後陽臺兩房一廳一衛，以及一間甚少使用的廚房。兩房中的主臥自用，第二間房被雜物淹沒半邊，另一半邊是簡單的休憩空間，擺了張床，偶爾收容臨時有難的餐廳合夥人或員工。

連城的名下沒有不動產，公寓是租的；國內沒有家人，母親和姊姊皆定居加拿大，重大節日都是連城飛過去團聚，她們不再回來。

於是他賣掉老家，搬進餐廳樓上招租的空屋，一個人生活，無牽無掛，自由自在，如此過了好多年。

或許是太過自由自在，連城的戀情總是短暫，沒有多大意義，有時那樣的關係甚至連戀情兩個字都稱不上。

渴望和小畫家正式組成家庭的張蝶語，老愛指控連城故意尋找心性不定的年輕男孩，逃避承諾，浪費他那包容開明的原生家庭。

連城倒覺得張蝶語太過美化他的原生家庭。從前是沒人有空管他，現在是管不動，他其實是處在被放生的狀態。

當然這不是抱怨，無論對親人，或是自己的生活，他自認已經做得和過得夠好。

慢條斯理享受了熱水澡，換上舒適的家居服，連城在張家的豪華商務機上從倫敦一路睡回來，精神到目前爲止都還很好。

他打開行李，開始整理分類。隔天要帶下去餐廳的伴手禮得另外放好，其中有一大半是張蝶語的託付，爲三隻羊全體工作人員出借連城長達兩週的慷慨表達謝意。

大小姐的謝意是非常具體且大方的，公寓電梯又壞了一陣子遲遲未修，連城有點後悔沒有先開了餐廳門，把禮物留在樓下別帶上來。

行李整頓到最後，只剩一個大紙袋和他大眼瞪小眼，不知如何處置。

這袋玩意兒也是禮物，張蝶語在機場的停車場交給他，說是絲巾，張家二老特地挑來送給連城的媽媽和姊姊。

紙袋提起來頗有重量，黃金打造的絲巾嗎？

連城定居海外的家人當然不知道他和張蝶語假扮成男女朋友，這份禮物收不收都棘手。大小姐只叫他別多想，直接當成母親節禮物上貢，幾塊錢而已又不貴。

是喲？看看紙盒上的馬車圖案，不貴才怪！

連城從袋中取出一盒接一盒的絲巾，到了最底層才找到重量來源——一個大紙盒，打開是一件齊整收摺的淺灰色男裝大衣，包裝得像份禮物。

禮物？連城驚訝地展開大衣細看。他的姊夫粗壯如熊，連一隻手臂都別想塞進去，這件大衣跟絲巾們不可能去往同樣的目的地。

連城心念一動，走到穿衣鏡前，套上一試，不僅合身程度宛如量身訂製，還襯得他腿更長，肩更寬，更有一股昂貴氣息從衣料透出來，連穿衣人的年收入都彷彿多了個零。

他在鏡前呆了呆，想起派對的前一日。

那天，是血拼日，他和張家一行人前往倫敦最負盛名的精品街，一整天只是購物。

那天也是連城首次見識到傳說中的封店禮遇。前往造訪的店家無一例外，店內所有空間、員工只爲張氏一門服務，而張家人也沒辜負店家的期待，買得凶猛。

連城並沒有購物的需求，他的職責簡單，就是擔任張蝶語的煙霧彈，讓她能光明正大幫小畫家選購高品質的好衣服。

於是一件又一件軟綿鬆垮，鮮豔繽紛，與連城的穿衣風格南轅北轍，甚至尺碼都不符的衣物，整批整批被送往結帳櫃臺。

最終引來了第三人的注意。

總裁假裝路過，總裁假裝不是刻意來管閒事卻徹底失敗的奇妙表情，任何時候想起都能令連城嘴角上揚。

張雁鳴沒有直指妹妹霸道，不顧連城個人喜好需求，而是從相對客觀的方向入手，建議妹妹改拿大一個尺碼。

張蝶語對兄長管太寬的行爲大感不滿，連理由都不願用心編造，隨口指控連城在國外吃太多，回國減肥後，尺寸就會剛剛好。

總裁震驚於妹妹的想法與奇異審美觀，兄妹倆針對連城的身材一番唇槍舌劍。在旁邊聽著的連城，臉皮再厚也擋不住尷尬的感覺爬滿全身，弄熱了耳根。唯一的安慰是店員們不懂中文，無法得知連城的腰啊、胸啊、屁股之類的肉量是如何如何分布。

到頭來張雁鳴名不正言不順，終究不敵，遭到張蝶語驅趕，悻悻然離去前，他望向連城的神情滿是歉疚。

連城記得在同一家店的櫥窗裡就展示著這件大衣，無論質感和價錢，都是奪目搶眼。

在場的顧客只有他們三人，他知道自己和張蝶語都沒有購入，唯一的可能就是總裁買下了。

大概是誤以爲他迫於張蝶語的淫威，必須接收那堆品味尺寸皆不合的衣物，很是可憐，因此才送這件大衣給他作爲慰問吧！

億萬富豪花錢的方式，一般人實在不容易理解。

不過，總裁對於衣物的尺寸掌握倒很精確。連城歪著頭，對著鏡中影像微微一笑。那抹笑，隨著過去兩天的回憶湧現，又逐漸從他唇邊消散。

血拼日的隔天就是派對。

對於總裁的性傾向，連城仍舊有些難以置信。他運氣好，國中就輕鬆寫意地向家人出櫃，之後的十多年，不特別聲張，不刻意隱瞞，也沒有遇見太嚴重的障礙。張雁鳴藏了多久呢？櫃裡待得越久，就越怕暴露在陽光下，說不定，一待就是一輩子。倘若果眞如此，連城很願意把這樁祕密帶進墳墓，永遠不洩漏。

偏偏他不能把自己的心跡直白表露出來。

要裝不知情，就得演到底，想讓張雁鳴安心，對待他的態度不能改變。

派對隔天便是搭機返國的日子，他們在交通工具上不再有機會私下互動，連總裁的視線都回到旅行頭一天那般，幾乎不與連城目光相觸，直到連城在機上睡死之前都是如此。

現在他可有個好藉口主動聯繫了。連城脫下大衣，在床上擺放好，用手機拍了張照，配上一句話，傳送給總裁。

時間已過午夜，訊息多半要到隔天才會被讀取。想像著對方可能的反應，連城就寢時，那抹微笑又悄悄回到臉上。

✦

張雁鳴早起一向不容易，偏偏在旅遊歸國次日，又累又有時差的情況下，倒是比平常更早醒來。

派對當天的意外在作祟，他心知肚明，卻無能為力。他抬手揉了揉眼睛，不情不願離開床鋪，有股比睡前還要疲倦的錯覺。

張雁鳴慣住的地點並不是名義上的自宅，為了便利，他一直都住在萬禧飯店頂樓，名符其實的總裁套房。

當他梳洗完畢，提早出現在起居間時，總裁套房專屬的管家正往雪白的桌巾上擺放餐具，早餐推車還停在一旁。

管家的雙手微微一頓，在被察覺之前很快收起驚訝，繼續手邊的工作。

走向餐桌的途中，張雁鳴打開手機，讀取新進訊息。

知道這個號碼的人不多，大部分是昨天才分開的家人，他收到母親的每日早安關懷，特助的簡短提醒，還有幾則訊息來自親近的公司高層，都不是新鮮事。

他的手指毫不停留，點選、滑動，訊息一則則閃過，直到他點開一則昨晚傳來的訊息，包含了一張照片和一行字，來自連城。

「發現一件迷路的衣服，總裁會不會正好認識物主？」

短短一行字，張雁鳴盯著大概有一世紀那麼久。

他當然認得照片中的大衣，他買的，他送的，因為看不過去妹妹的任性霸道，一時鬼迷心竅……也因為私心認為衣服好看，一眼就覺得該穿在連城身上。

他可沒想到……他咬了咬嘴唇，沒想到連城會有此一問。

吃早餐時，手機被遠遠擱在桌子的邊緣，訊息已讀未回。

張雁鳴花了平日的雙倍時間用餐，慢慢咀嚼食物，有時皺眉，有時望著上方吊燈出神，牙齒無意識咬著餐叉，指頭輕敲桌面，任何人見了，都要以爲總裁在煩惱什麼攸關全國經濟的商業決策。

用過早餐，他挪到沙發區享受一壺餐後茶，電視照例開著，三面螢幕同時播放三家電視台新聞。手機仍靜靜躺在餐桌角落，存在感卻無比巨大。

讀著連城的訊息，彷彿能聽見他說話，語氣輕鬆，還帶一點趣味，好像一切如常。

這要不是代表連城眞的沒聽見自己的祕密，就是表示連城就算聽見了祕密，也不影響他對自己的觀感。

隨著腦中一遍一遍重播連城當時的反應、說詞與謹愼的微笑，張雁鳴漸漸覺得，即便答案眞是後者，也很好。

他終於起身去拿手機，愼重敲下回覆。

「試穿過嗎？」

然後快速關閉螢幕，將手機收進衣袋。

做完出門準備，張雁鳴在專用電梯前掉頭折回，進房摘掉了隱形眼鏡，換上一副銀邊窄框眼鏡，管他形象顧問要抱怨什麼。

乘電梯下到萬禧飯店一樓大廳，來自四面八方的請安問候日日重複，張雁鳴已經習慣了快一輩子。

口袋裡的手機忽然震動，張雁鳴觸電般急煞腳步，四周眾人的動作也跟著停滯，盯著總裁伸手探向胸口，從西裝內袋掏出手機，才鬆了口氣。

滑開螢幕，連城的回覆是一隻……難以言喻的生物連續點頭的動態貼圖。他試穿過了。

睡眠不足和時差對總裁造成的影響，轉眼減低了好多。

「不過，馬上就脫下來了，怕穿久捨不得，會想要據爲己有。」

這是緊接在貼圖下方的另一段話。

認眞的嗎？還是開玩笑？張雁鳴斟酌良久，直到在大門外上了車，堵進車陣裡，才決定稍微冒一點險。

「你的意思是你喜歡嗎？」

對話框立刻顯示爲已讀，回覆也來得迅速。

「你的意思是你不打算回答第一個問題嗎？」

總裁也馬上回答，「放在禮物袋裡，就代表它是一件禮物。」

「哦，所以你知道我在哪裡發現它。」句子尾端綴著一個笑臉符號。

那個笑臉讓張雁鳴的雙頰微微發熱。反正送禮這件事瞞不過，他也不打算裝傻否認。

「只是覺得適合你，替蝶語買的。」他又此地無銀地追加一句，「沒有其他的意思。」

這次輪到連城讓他等待。五分鐘久得像五小時，他憂慮得幾乎要撥打電話親口解釋，新的訊息才跳出來。

「回答你的上一個問題，我很喜歡。」

總裁的嘴角剛彎起，連城的下一行字就冒出來，「雖然很感激，但是我不能無端收下這麼昂貴的禮物。」

無端？昂貴？簡直胡說八道！張雁鳴皺起眉頭，開始快速打字。

✦

萬歷集團的總裁特助共有三名，性情與外表各異，卻是人人都配備一個惹人注目的姓名。

安東尼喜歡用自己的錄取故事作爲話題，效果從沒讓他失望。

公孫潮有個宛如古裝戲劇角色的姓氏，最恨別人拿來開玩笑，小時候電視劇《包青天》播映期間，拜包大人的師爺公孫策之賜，他簡直生不如死。他的雙親在罕見複姓交流群組中結識相戀，換從母姓也無濟於事，因此他出社會後便以英文名行走，不想得罪他的人都知道要乖乖叫他Chris。

比兩名前輩小了幾歲，佐久間正義的外公是日本移民，母親在台灣出生長大，父親姓林。他當林正義當了二十幾年，來萬歷求職時聽信傳言，以為太平凡的姓名無法得到高層青睞，主動改從母姓，果然錄取，從此對這個存在公司已久的迷信文化深信不疑。

這三名青年才俊，此刻正等在位於五十樓的總裁辦公室，望著桌面上順序排列的各式文件，眼裡流露出程度不一的焦慮。

「不，我不確定……」三人當中最年輕，外表頗有運動員風采的佐久間正義搖著頭。

「我很確定，萬航機師的愛恨情仇八點檔最適合，我可是費了千辛萬苦才攔截到手，沒有更精采的選擇了。」安東尼晃了晃手裡的隨身碟，得意洋洋。

公孫潮摘下眼鏡，單手捏著鼻梁，沒好氣地說：「那群淫亂傢伙的私生活一點也不重要，Boss才不會想看你不知道從哪裡搞來的八卦影片！」

「我說精彩，又沒說重要。」安東尼咧開嘴，刻意笑得甜膩噁心，「別怕，影片不包含色情，不會玷汙你那顆純潔無瑕的小小心靈。」

公孫潮掛回眼鏡，冷笑道：「需要擔心的不是我。」

「嘿，我只是小你們幾歲，不代表我是——」處男兩個字及時被吞回去，佐久間正義圓睜兩隻大眼，望著正推門進來的總裁。

平常，他們三個並不是這副緊張兮兮的尖刻模樣。

今天是個特別的日子，總裁從每年一次的家族旅遊累積了滿滿的壓力回來，精神總是比出發前疲倦數倍，心情當然也不可能太好。

憑良心講，張雁鳴是個不可多得的好老闆，講道理、重感情、慷慨大方、情緒管理一流，從來不對下屬亂發脾氣。可他每年也難免有這麼一回，無意間製造出強烈的低氣壓，和周遭所有人分享他的黑暗面。

數年來，特助們早已發展出應對的方式，包括讓老闆的一天從輕鬆的事務開始，比如安東尼手裡那份品味可議的八卦消息；讓人不愉快的項目則盡量壓後呈上，比如此刻排在桌面最尾端的紅色資料夾，封皮顏色代表危險、警戒、謹慎處置。

然而，剛剛進門的總裁，看上去和他們預想的有些不同。

他戴了眼鏡。那不算奇怪，誰都有狀況不佳，戴不了隱形眼鏡的日子。可是他的那一雙眼明明發著光，狀況好得很，光亮一部分反射自螢幕，因爲總裁正低著頭邊走邊看手機，嘴角還勾著淺淺一抹……微笑？

在場三人連下巴掉在地上也不敢弄出聲音，靜靜等著總裁花好幾分鐘走短短幾公尺路，不時還停下來打幾個字，思考一會兒，又打幾個字。

「怎麼樣才能弄出這種效果？」

總裁的詢問沒有指向特定人，但慣例上是由安東尼擔任老闆的科技產品指導，他立即趨前，恭恭敬敬檢視老闆的手機螢幕。

張雁鳴指著的是個緊跟在文字訊息後方的笑咪咪白色羊頭。

什麼鬼玩意兒？盡力不讓任何個人感受表露在臉上或聲音裡，安東尼爲老闆示範如何使用表情貼的同時，順勢把手機螢幕上的所有資訊看了個遍，無一遺漏。

完成任務退開，同事們投向安東尼的眼神包含千言萬語。安東尼悄悄做了個鬼臉，千言萬語也難以描述他心中的震撼與……驚喜。

學會使用表情貼後，張雁鳴從大量的選擇當中挑了表示認真辦公的圖案送出，才滿意地關閉螢幕，放下手機。

一抬頭，部屬們還傻站在原地，很令他意外。

「你們怎麼了？開始吧。」

三人如夢初醒，一不注意，佐久間順手遞出的正是那份紅色警戒。

來不及阻止的兩人和醒悟自己幹了什麼好事的罪魁禍首，猛然倒抽一口氣，內心發出無聲哀號。

災難卻沒有降臨。

總裁只是微微聚攏眉頭，不愉快的程度像喝到不夠熱的茶，而不是酸掉的牛奶。

對於今天的好運感到不可置信，安東尼掏出震動中的手機，螢幕顯示來電者是個非接不可的對象，他向總裁致歉，退到角落接聽。

他小聲講著電話，一面抽空偷瞄，老闆仍在看那份紅色警戒，另一手端著祕書剛送進來的咖啡，還微笑誇讚對方泡得好喝。

不是他們好運，是老闆的心情真的好。

安東尼眼望總裁，考慮了片刻，對電話另一端回覆道：「是的，全都徹底查過，沒有問題。」

通話結束後，張雁鳴沒抬頭，問：「又是我媽？」

「是，董事長夫人交代了一件小事，已經順利完成。」

「明明她有自己的助理，怎麼老是麻煩你們。」張雁鳴說著又啜了兩口咖啡。祕書說用的是同樣的咖啡豆和機器，怎麼今天嘗起來就是格外香醇？「你記得你是爲誰工作吧？」

安東尼咧嘴笑道：「總裁放心，一分鐘也沒有忘記過。」

✦

張雁鳴的母親，萬歷的董事長夫人掛上電話聽筒，露出滿意的笑容。

「東尼說他仔細查過，連城沒問題，不是騙子。」

張延齡戴著老花眼鏡，正在苦讀要送給乖孫的遙控飛機說明書，視線也沒抬起，隨口回應，「我早就說過，他很好，不要亂搞那些鬼鬼祟祟的手段，當心惹禍上身。」

「惹什麼禍？你女兒上次被已婚的壞男人欺騙，你就高興嗎？」

「那都多少年前的事了？小蝶現在見過世面，是大律師，要隱私要獨立，要是發現妳找人私下調查她的男朋友，生氣起來又一年兩年不跟我們說話，吃不消啊！」

「好啦！都怪我好了啦！怪我為女兒著想，都我的錯！行不行？滿不滿意？」

老夫人氣呼呼地轉身上樓，甩門聲之大，震得張延齡的耳朵嗡嗡作響。

幾分鐘後，管家匆匆過來稟報，說夫人宣布不吃午飯，整天的飯都不吃了。

張延齡長嘆一聲，放下新玩具，按照無數次的往例，前往安撫太座。

Chapter 15

楊大廚走進三隻羊的辦公室，視線首先被牆壁掛鉤上的簇新大衣絆住。淺灰毛料，單顆黑扣，傘狀衣襬超級長，像電影《駭客任務》主角所穿的大衣那麼長。

他伸出好奇的手，衣料看起來硬挺，摸上去卻絲滑柔軟，手感極好。他湊近聞了聞，嘖嘖嘖，還香香的。

毫無疑問這是連城的衣服，合夥三人中他最講究衣著打扮，人又長得俊，瞇著眼睛歪著腦袋，然後提起單邊嘴角，平常人怕嫌下流的笑法，到他身上就被評爲瀟灑帥氣，楊大廚向來是很佩服的。

他續往裡面走，連城和另一位合夥人莊孝謙都在，兩人一坐一站，擠在辦公桌的電腦前，桌面攤著許多文件，偶爾能從嚴肅的討論聲中聽見一些數字。

一定又在談論金錢之類俗不可耐的話題，楊大廚毫無興趣，他老早就不參與任何與廚房無關的工作。做菜以外的事情他不擅長不喜歡，每個人都知道，也常有人說他除了料理以外一無是處。他視爲恭維，就是不懂爲何說這話的人總是表情凶惡、嗓門粗大。

三隻羊剛忙完午餐時段，晚餐下午五點開始，珍貴的休息時間必須花得有意義。楊大廚躺進長沙發，兩條腿抬在扶手上，爲自己找了個舒舒服服的位置。

「連城，早上那顆長得很好笑的芋頭，你是不是有拍照？傳給我！」楊大廚要更新他的IG。

連城的視線沒離開桌面文件，隨意掏出手機拋過去，「自己動手。」

楊大廚接住手機，熟門熟路地在相簿裡找到芋頭的照片，打開通訊軟體傳給自己。他在通訊軟體裡看到好幾個陌生的聯絡人名稱。

「你新增了不少好友。」

「前陣子小學同學會，加了幾個失聯已久的老同學。」連城仍盯著文件，沒有抬頭。

他不介意楊大廚翻看他的手機，反正已經不是第一次了。

連城和全名楊森霖的三隻羊大廚是學生時代多年室友，出社會後結爲事業夥伴。儘管楊森霖是個激怒過無數人、仇家遍地的白目，想掐死他的念頭連城也有過幾次，但是楊大廚做的菜實在太好吃，這份孽緣無法輕易斬斷，久了習慣了，連城已能從容接受他絕大多數都不含惡意的白目行爲。

楊大廚一路瀏覽連城的好友列表，有正正經經的全名，有綽號，也有兩者並行。最誇張的是一名被標示爲「大總裁」的聯絡人。

嗤，總裁還加大，是有多大？眞好笑！

「你同學的事業做很大喔？」

「普普通通吧！」連城記得有幾個同學跟自己一樣開店當老闆。

點開連城與大總裁的對話內容，楊大廚越看眼睛睜得越大，「哇，你跟你的小學同學調情！」這個世界上的同志數量比他以爲得要多好多呢！

什麼？連城不得不暫停和莊孝謙的討論，分神回想了一下。他和小學同學們取得聯絡之後也沒聊多少，多是些沒意義的鬼扯打屁。

「如果無法分辨朋友間的嬉鬧和調情，勸你不要輕易跟異性搭話。」

「我當然能分辨！你們就是在調情，你還收了人家的禮物呢，嘖嘖嘖！」

「哪有？」連城開始覺得煩了，「大人在忙，你自己玩，不要吵！」

楊大廚先是氣呼呼嘟嘴，忽然又暗暗偷笑。要他自己玩，那他就不客氣地玩囉！

他打開合夥人群組的共用相簿，沒花太多力氣便找到了目標。去年某一次他喝酒半醉不想回家，借住連城的公寓。酒意加重了愛鬧的性格，他嘻嘻哈哈突襲淋浴中的連城，想拍點糗照，往後用來開對方玩笑。

當時拍到的照片一直保留在群組相簿裡。照片的構圖略歪斜，下方約三分之一染著水霧，此外大部分畫面都稱得上清晰。深灰黑磁磚牆面作爲背景，右側邊緣看得見被拉開的玻璃門，連城站在正中央，一絲不掛的裸背濕漉漉的，還沾著少許未沖淨的雪白肥皀泡沫。連城的肌肉不是彷彿能撐破布料的那種大塊凶猛，但是線條漂亮精實，臀部挺翹，還有兩側背闊肌夾著的那道又長又深的性感脊柱溝，得眼瞎才看不出他花了多少功夫鍛鍊。

照片中，連城的臉側轉過來望著鏡頭，一副看見白痴的不耐模樣很令人氣結，但是楊大廚的最新款手機鏡頭，可是把連城微垂的眼睫上綴著的水珠都拍得一清二楚，簡直是突襲拍攝神作！

假使掌鏡人的技術更好，這絕對可以是一張商品照，賣沐浴乳、浴室磁磚，或是賣模特兒本人。

就結果來說，照片拍得太性感，根本沒有半點用處。直到現在。

楊大廚笑嘻嘻傳送出得意傑作。

不到一分鐘，照片下方跳出已讀字樣。他大爲開心，捧著手機，盯著螢幕，等待大總裁的回應。

自己眞是個好朋友！這一記助攻搞不好能換來激烈火辣的發展，促使有情人終成眷屬。婚禮前可以在三隻羊辦個慶祝派對，食物當然由自己掌廚，他爲好友設計的菜單絕對精采華麗，不好吃不用錢！

楊大廚腦中熱烈上演後續劇情，現實中卻是等來等去，等不到回音。

怎麼回事？竟然已讀不回？他正打算再輸入點什麼挑逗話語，背後忽然傳來淒厲慘叫。

「你做了什麼事？」連城撲過來，雙手在掐住楊大廚脖子和奪回手機之間猶豫片刻，選擇了後者，「你、你、你這個該死的傢伙做了什麼事啊！」

連城同樣捧著手機，盯著螢幕，只是手在顫抖，眼裡滿是恐慌。那已讀字樣眞是他生平所見最恐怖的符號。

楊大廚完全看不懂這一幕。

去年連城明明囂張得要命，說什麼人帥不怕偷拍，要散布就拿去，他才不在乎。現在他這個反應怎麼是兩回事？

「孝謙，你看連城的表情，是不是很像那幅……那幅什麼名畫？」

「孟克的《吶喊》。」

「對、對，就是那個！」

連城抬起眼，殺氣騰騰地瞪著楊大廚，咬牙道：「你剛剛把我的……我的……」他不得不先做兩次深呼吸，才有辦法把後面的話說完，「裸照傳給了張蝶語的四哥！萬歷集團的總裁張雁鳴！」

白目如楊大廚，聽了也倒抽一口氣，「你的調情對象是萬歷的總裁？」

「什麼？我才沒有！」

聽見驚天動地的八卦，溫厚穩重如莊孝謙也不得不加入關切的行列，「這是怎麼回事？當初你說是基於朋友道義幫忙張律師，可沒提到她的哥哥。你不能對那種等級的人物始亂終棄，想過後果嗎？」

「就是說啊，沒有那個屁股，別吃那麼厲害的瀉藥。」楊大廚點頭附和。

「誰要貢獻出屁股還不知道……啊不是，他是直的，比直尺還要直！」連城的頭都要開始痛了，他可不能讓總裁的性傾向因自己而遭到懷疑。「再說，成熟男人不是我的菜，我喜歡可愛一點、年輕一點的，你們不是都知道嗎？」

連城眞的相信自己說的話，卻有股莫名其妙的心虛難以解釋。

「連城，我最討厭蘆筍了。」楊大廚突然說。

又來了。

連城大口嘆氣，他那位老友的思路又胡亂跳躍了。

「我從小討厭蘆筍，討厭了幾十年。直到某一天，我無意間嘗到布魯爾小館的焗烤蘆筍，那滋味太美好，徹底顚覆我的味覺世界。」楊大廚舉起雙手在空中比劃，神情如痴如醉，「但是我有開始接受蘆筍嗎？沒有，因爲我愛的不是蘆筍，而是布魯爾小館的焗烤蘆筍啊！」

眞是個不想讓人聽懂的煩躁比喻。連城瞇起眼，「都說張雁鳴是直的，你要怎麼樣才能明白？」

「蘆筍也是直的，但是可以折彎——」

「夠了，到此爲止。」連城拋開手機，撲向沙發，「你還是爲這件事情償命吧！」

楊大廚急忙翻過椅背，口中大叫大嚷，「不可以，世界需要我的廚藝！孝謙救命！」

「連城，手機在震動。」

連城猛然轉身，手指著莊孝謙，「少來這招，你別想救——」說著他分神一瞥，手機螢幕竟眞的在發亮，而他的臉色在發青。

撇下楊大廚，連城幾步趕回去撿起手機，來電顯示一看是安東尼。定了定神，他故作鎮定地接起，「嗨，東尼！」

電話另一頭傳來爆笑聲，笑個沒完沒了。

「……我猜你看到了照片？」

對方仍然在笑。

連城抱著一絲希望，又問：「你看到照片是不是代表手機是你在操作，總裁沒看到，對不對？」

「不，我們不能隨便亂動那支手機。」笑聲終於停歇，笑意還在安特助說出的每個字裡，「總裁親自看的訊息，因爲你知道……好吧，你應該不知道，在董事會開會期間傳進那個號碼的訊息，通常是很要緊的大事，總裁一定優先看。」

連城發出哀號，「他在開董事會？」

「總裁很受到驚嚇，還失手把手機摔到地毯上。」安東尼停下話又笑了幾聲，「當時每個人都安靜下來，等待總裁宣布是怎樣的一個壞消息，竟能造成那樣的效果。總裁當然一個字也不說，事實上，接下來的會議他幾乎不太開口，嚇壞了所有人，場面的緊張程度簡直突破天際！哈哈哈！只有站得夠近的我們幾個特助，和幫忙撿手機的李總知道是怎麼一回事。」

「總裁是不是很生氣？我能不能跟他解釋？」

「可以，要解釋就趕快來，現在正是時候。二十分鐘後，我在萬航一樓大廳等你。」

✦

為節省停車時間，連城搭計程車狂飆，準時在二十分鐘內抵達目的地。

跟萬歷總部大樓這一類地標等級的酷炫新潮相比，萬里航空所在的大樓舊得多，樓高普通，設計也樸素，唯一吸引人目光的是矗立在大樓正門外的巨大萬航商標，金屬材質反射著陽光，亮得幾乎無法直視。

連城快步穿過正門。挑高的一樓大廳翻新過多次，很是氣派，迎面是占據整片牆的水墨畫作，六頭大雁展開羽翅，排成一道弧形，飛過背景的遠山靜水，右書「雁行萬里」四個大字，筆力雄健，氣勢非凡，無論字或畫，都生動得直要破壁而出。

再看字畫下方落款，是無人不曉的國寶級大師。

連城微仰著頭，佇立在牆面正前方，雙腳生了根似的，部分原因是字畫確實吸引人，另外則是他不想面對這幅字畫以外的任何東西。

「很棒吧？」他的背後有個聲音響起，「總裁即位時的賀禮，展示在這邊的是複製品，真跡在大師逝世後捐給了紀念館。」

連城轉過身，方才說話的是準時出現的總裁特助安東尼，褐色捲毛比上回見面那時長了不少，一口白牙依舊明亮討喜。

見到他的笑臉，連城先安心一半。

安特助卻不是一個人來，他的身旁站著一名三十多歲的高個男人，濃眉大眼，神采奕奕，西裝領片別著銀灰色萬航標誌徽章，身形略有福態，舉止間流露出慣於發號施令的飽滿自信。

不等安東尼開口介紹，高個男人主動向連城伸出右手，親熱道：「你一定是連城吧？敝姓李，李志承，志氣的志，承繼的承，千萬別弄錯了字。」

連城略覺驚訝。此人大名鼎鼎，是萬里航空的總經理，張雁鳴的愛將，由於姓名音近李自成，在萬歷內部引起過不小風波，在其他公司則是一件說來好笑的軼聞趣談。

他一定就是幫忙撿手機的李總，特地趕來看看是誰膽大包天，居然敢亂發騷擾照片給張雁鳴吧？

連城規規矩矩地握過手，報完姓名，卻不知該交代自己的來歷到何種程度。

李志承似乎看出連城的難處，主動解圍道：「聽東尼說你要來，所以我也就跟著來啦！可不能錯過認識駙馬爺的大好機會。」說著他露齒而笑，那笑容有七成像一頭鯊魚。

連城的背上被逼出幾滴冷汗，「八字都還沒一撇，李總請叫我連城就好。」

李志承點頭說好，又笑嘻嘻開口：「駙馬爺的身材練得眞是棒！」

是個不聽人說話的傢伙啊……

連城苦笑道：「李總過獎，繳納多年的健身房費用值回票價，我很欣慰。」

「連老闆，這件事眞是對不起。李總看到了手機螢幕，又和總裁有交情，只好向他說明你的身分，避免造成奇怪的誤會。」

連城眞不敢問安特助何謂奇怪的誤會。

「我又不是笨蛋，不必猜也知道駙馬爺的訊息是傳錯了對象。哎，不是打算傳給大小姐以外的人吧？哈哈！」

連城忙解釋，「照片不是我傳的。」

「……哦，是這樣子啊？」李志承不太眞誠地笑著。

算了，隨便這傢伙信不信，連城不想跟對方糾纏。

他正想詢問安特助那個他眞正在意、需要解釋的對象應該到哪裡去找時，左手邊的電梯叮一聲響，領頭出來的那人走沒幾步便停下來，站在連城的正前方不動了。

這是連城第一次見到工作場合的張雁鳴，他身邊還跟著五、六名職位似乎不低的商務人士，也一齊停下腳步。

他看起來很有派頭，很有威嚴，也很遙遠。

「連城？」張雁鳴微微一愣，原本偏冷的神情，隨著這一聲輕喚，冰消雪融，聲音裡甚至帶了明顯的暖意，「我不知道你要來。」

他沒在生氣。連城也是一愣，爲什麼張雁鳴沒生氣？收到那張與性騷擾無異的照片，任何人都該要生氣不是嗎？

總裁的注意引來旁人更多的注意，跟在張雁鳴身邊的、大廳裡的、陸續從各處經過的所有人……視線全部都往連城身上集中。

這樣的場面委實出乎意料，但連城也只能硬著頭皮上了。他尷尬一笑，同時在想像中將楊大廚千刀萬剮。

「我……我是來解釋兼道歉的。」

張雁鳴揚起了眉。

「那張照片是個意外，朋友拿了我的手機去玩……他、他生性愛胡鬧，對聯絡人名稱感到好奇，開了不知輕重的玩笑，因此打擾到總裁的工作，實在是……沒有預料到的結果……」

連城越是解釋，總裁越顯得迷惑，還稍稍蹙起眉頭。其他人臉上倒是浮現出明確的懷疑，連城隱約聽見李總在後頭悄悄跟東尼說他的傳錯人理論更好。

「我知道我的解釋聽起來有點荒謬，跟狗吃了我的作業差不多。」話說到這裡，竟、竟然有人點頭？那群混蛋明明不知道訊息內容，湊什麼熱鬧啊？連城忍著不翻白眼，強迫自己把注意力只放在張雁鳴身上，「相信我，狗都比我那位朋友懂規矩。他沒有惡意，也不知道是你，我真的、真的很抱歉——」

張雁鳴終於舉起一隻手阻止連城繼續那逐漸荒腔走板的道歉。

「小事而已，沒關係，我不介意收到惡作劇圖片或照片，只不過……最好避開工作時間，」說著他歪了歪嘴角，促狹一笑，「太令人分心了。」

總裁是眞的沒有生氣。

連城偷空往安東尼瞥去埋怨的一眼，安東尼聳聳肩膀，一臉無辜。

逗留的人潮總算散去了七八成，感受到四周空曠下來，好奇的視線大幅減少，張雁鳴把雙手放進褲袋裡，終於放鬆了站姿。

「吃過飯沒有？」他問連城。

「還沒有喔！」

連城見鬼般瞪著代替他回答的安特助，對方竟然又說：「您抵達之前，連老闆正在跟我抱怨肚子餓，說想不到該吃什麼，很苦惱。」

哪有!?爲什麼一整天有那麼多他沒做過的事、沒說過的話、沒敢妄想過的企圖被安到他頭上？連城一陣腹誹。

「正好，一起吃吧！」

張雁鳴的興致很是高昂，他微微往右側轉頭，一名斯文俊秀、帶著冷淡文藝氣息的青年立刻靠過去，在他耳邊小聲說話。

「十分鐘車程外有間好口碑的餐廳，新挖角來的主廚浸淫法式料理十餘年，剛在國外得了獎，技藝超群，於食材的選搭尤有創見。餐廳氣氛高雅幽靜，隱密性高。您覺得可以嗎？」

「好。」

青年躬身退開，掏出手機忙碌了起來。

「來吧！」

張雁鳴招了招手，連城順從地跟上，以及他眞的不需要安東尼在總裁看不見的角度出肘頂他的肋骨。

「Chris挑選的餐廳向來水準很高，你不會失望的。」

頂著個洋名的青年推了推眼鏡，在總裁背後陰森森地對連城笑。

……表達過失望的人，墳上的草想必都長得很高了吧！

目送著總裁和連城走出萬航大門，李志承雙手抱胸，不滿道：「我也想跟去吃飯，熟悉一下未來的駙馬爺，你爲什麼阻止我？」

「聽說李總懂畫？」安東尼問。

「略懂，幹麼？」

「約你逛藝廊囉！」安東尼笑得神祕，「展出的畫家沒什麼名氣，但是我擔保你會感興趣。」

✦

晚餐後，連城搭總裁的車返家。一整天下來，連城的心情宛若搭乘雲霄飛車般忽上忽下，他爲即將返回平穩的地面感到鬆一口氣。

Chris的確品味卓絕，且昂貴。他所推薦的餐廳，無論氣氛、食物、裝潢與服務，每一樣都很完美，這餐飯好得幾乎像一場約會。

餐廳的座位配置很講究，用餐的客人彼此互不侵擾，沒有旁人多餘的注目，對話得以輕鬆進行。

於是連城把握機會，更詳細交代了這起裸照意外的來龍去脈，從楊大廚的個性開始介紹，說到去年楊大廚借住他家的胡鬧行徑，再到今天下午的陰錯陽差發送照片。當然，略去了關於朋友嬉鬧與調情的爭議，以及該死的焗烤蘆筍。

張雁鳴聽得津津有味，「原來你說的是實話。」

「當然是實話，你覺得我有什麼理由要傳那種……玩意兒給你？」

「不知道，」張雁鳴聳聳肩，「我本來打算在下班後仔細推敲原因。」

「拜託不要推敲，趕快刪掉……你刪掉照片了吧？」

「你覺得我有什麼理由到現在還留著沒刪？」

「這個嘛，」總裁語調裡的打趣意味讓連城的回應也是半開玩笑，「剛才你們家李總稱讚了我的身材，所以我假設許多人都會想要收藏我的豐胸翹臀。」

張雁鳴笑了起來，又似乎感到不恰當，舉酒杯擋住了，目光順勢飄開。他們中間是一盞仿燭光的柔和照明，暖色燈火在張雁鳴帶笑的眼裡搖曳，淡紅色酒液沾上他的嘴唇，竟把雙頰也熏紅了。

心臟猛地一跳，連城快速收回視線，也伸手去拿玻璃杯，選的卻是解熱的冰水。

他們眞的像在約會，可他們又怎麼能夠眞的約會？

此刻連城坐在據說還防彈的限量加長賓利後座，空調宜人，音樂輕柔，不久前的那一幕仍然不斷闖進他的腦袋，心跳也仍然不受控制地加快。

難道張雁鳴對他有意思？可能嗎？連城從不隨便看輕自己，可要說配得上萬歷總裁，難道不是太狂妄自大嗎？

或者，一切只是總裁對待準家人的善意？

連城不是沒有過類似的經歷，他的姊夫愛屋及烏，每一次接待他都熱情體貼，殷勤備至，他再彎也沒有過任何遐想。他於總裁也可能是一樣的情況，總裁純潔的意圖可別被自己不潔的腦袋給汙染了。

然而，他的姊夫，或者張蝶語的其他兄弟，從沒有誰用那麼炙熱的眼神看過他。

思來想去，只要隔著一層和張蝶語的假關係，望出去什麼都是一片渾沌，什麼狀況都無法確定。

他需要與張蝶語「分手」，盡快。

車子在已打烊的三隻羊餐廳門口停下，連城才從思緒中回神。坐在斜對面的張雁鳴正看著他，眼神專注。

他感到輕微的口乾舌燥。

「……謝謝你送我回來。還有晚餐，讓你破費，實在不好意思。」然後他又多說了兩次謝謝。

張雁鳴只是微笑，「小事，別客氣。」

司機幫忙開了門，他們互道再見。連城跨到車外，夜風讓他微暈發熱的腦袋清醒了些。

關上車門前，張雁鳴傾身向前。

「我就知道那件大衣穿在你身上會很好看。」

連城一怔，轉頭回望，總裁的座車已揚長而去。

這時他才終於想起，自己一直都穿著那件淺灰大衣。

Chapter 16

「在電話裡提分手？你好有膽量！」張蝶語對著手機笑道：「你沒有這樣對待那些前任吧？」

「沒有，只有妳最特別。」連城在電話另一頭也笑笑說，「分手是遲早要發生的事，就爽爽快快放彼此自由吧！」

張蝶語穿過大廳，前方是電梯，一小群人在電梯門前等候。這通電話不適合被旁人聽見，她略作猶豫，調轉了方向，改爬樓梯。

「五月都還不到，我們的計畫進行得如此順利，沒有道理提前終止啊？難道是李志承那個妖孽太熱情嚇到你？小事一樁，我會狠狠警告他，保證他不敢再犯！」

「不關李總的事，妳沒提我都忘記見過他了。」連城心想，大小姐的消息也太靈通。「我只是覺得……有這層關係在，會阻礙我的……一些發展。大家都知道，有女朋友的人，許多事不可以做。」

張蝶語笑彎了腰，「哎喲，我又不是你眞的女朋友！我們堅持瞞著外面的人，不就是爲了方便繼續過各自的生活嗎？」

說著她拐過彎，又爬上一層樓。她體能不差，爬樓梯講電話，還不太喘。

「你想追求誰就去，不需要顧忌我。」樓梯間空無一人，只有張蝶語帶笑的話聲和鞋跟踩踏階梯的清脆聲響迴盪其中。

「萬一被妳的家人發現?」

「他們怎麼會發現呢?」

連城實在有苦難言。

「不能乾脆分手嗎?我不是說立刻。或許,下個月?下個星期?」

「半年後可以考慮。」

連城的哀號讓張蝶語不得不暫時把手機從耳邊拿開。

「託你的福,這陣子沒有我爸媽來煩,生活的平靜簡直前所未有,事務所的案子也進展順利,合夥人的位子眼看就要到手,只要再多支撐幾個月就行!」

「只有妳那邊的生活平靜。」連城悶悶地說。

張蝶語短暫停下腳步,往記憶中搜索,實在想不起旅行回來後還有什麼事讓連城的生活不平靜。

「喔……因為四哥逼你陪他吃飯?我有聽說。是不是壓力很大、很煩?他才是需要警告的對象嗎?」她作出猜測。

「不是,沒有人需要妳的警告!」連城哀叫道:「沒有壓力,眞的!一點都不煩,我喜歡陪四哥吃飯,妳、妳別跟他亂講!」

張蝶語翻了個大白眼,暗自可惜連城看不見,「怎麼不在他面前叫四哥?又不是萬歷的員工,老是叫他總裁不是很怪嗎?」

「別轉移話題，先針對分手的事想想辦法。」

「好啦，保證案子結束立刻甩掉你，」她又繼續往上走，「今天就開始進行基礎工程。」

「什麼基礎工程？」

「感情破裂總有許多徵兆。現在沒下功夫，分手之後一樣要被追問原因，還會顯得可疑。」

有道理，連城在電話另一端連連點頭。

「呃，我有個小小的要求——」

「知道知道，壞人是我，受害人是你，沒問題，有我照顧你的形象，儘管放一百個心！」張蝶語再次在樓梯口停下，「對了，我打這通電話是因爲我爸住院了，你可以抽空過來探望嗎？」說著她隨意往樓梯口外的長廊張望，意外看見一個很像是張雁鳴的人影坐在那兒。

「可、可以啊！」連城驚訝道：「伯父發生了什麼事？沒有大礙吧？」

「一點也沒有，小傷而已。」

張蝶語看清了坐在走廊的人確實是自己的四哥後，放棄上樓，改往長廊走去，「我不能再講啦，你什麼都不用帶，來露個面就好，感激不盡喔！拜拜！」

說完不等連城回應，她便切斷了通話。

玻璃門另一側，張雁鳴低頭盯著手機，聽見腳步聲才注意到妹妹笑咪咪走近。他迅速收起手機，像是藏匿違禁品似的，還帶了一點出乎張蝶語意料的慌張。

「我還以為四哥會在樓上病房應付訪客。」

「交給大哥大嫂幫忙了。我下來陪爸做檢查，就算只能坐在外面等，也比待在病房輕鬆。」

張雁鳴只看了張蝶語一眼，匆匆一笑，便迴避她的視線，好像做了什麼不可告人的虧心事。

張蝶語眼珠子一轉，瞬間理解了，認定張雁鳴剛才看的一定是色情圖片！雖然有些難以想像，但是自家四哥再好再紳士，終究也是個身心健全的成年男子。

張蝶語決定當個貼心妹妹，假裝什麼都沒察覺。

「我也要一起等。」她一屁股在兄長身旁的空位坐下，「老爸檢查什麼項目？還要多久？」

「他要照超音波，確認損傷的範圍和程度。所需時間不確定，完成後，醫生……」張雁鳴略一遲疑，不想要引起妹妹的疑心，又改回往日的稱呼，「仲棋會來叫我們。」

張蝶語循著張雁鳴的目光，看了眼不遠處的厚重金屬門，代表檢查進行中的紅燈正亮著。

VIP樓層人少，噪音更少，倒是醫院必備的乾冷和消毒水氣味一點不缺。張蝶語扣緊外套，皺了皺鼻子，歪頭去看張雁鳴，總覺得她四哥身上有股奇異的焦慮與憂愁。

「小蝶，如果爸將來有什麼萬一——」

「等一等，」張蝶語連忙插話，「老爸不是扭傷腳踝嗎？你們沒有隱瞞我什麼吧？」

「沒有，爸沒事，我說的是將來，希望是很久以後的將來。其他哥哥都有各自的家庭要照顧，妳和媽就是我的責任。」每一次語句之間的停頓，張雁鳴都把雙唇抿成一條薄線，「我應該要最重視妳的幸福，可是我不覺得我有盡到責任……最近，我的腦子裡常常只想到自己……」

在張雁鳴心裡糾結著的，又比說出口的多太多。

每次和連城互動，當下他總是愉快、興奮，考慮不到其他事情，而每次在事後，也總是懊悔。

他對連城好，從來不是爲了妹妹的幸福。他是個自私的傢伙，雖然很可能沒有人眞正看出來。

更可怕的是，他一點也不覺得自己有辦法停止自私、停止用渴望的眼光去看那個理當屬於妹妹的男人。

「我……我是個失職的哥哥……」

張蝶語開始覺得很擔心了。

「四哥，雖然你在公司被當成皇帝一樣，但是我老實告訴你，現在眞的不是萬曆年間，我的幸福不需要任何人負責，你站遠一點，口頭祝福就好。」

「妳、妳不了解。」

「誰能了解啊？腦中只想到自己又沒錯，大部分的時候，我都優先考慮我自己，如果有誰爲此感到不爽，自己要想辦法調適。」張蝶語交疊起一雙長腿，亮紅色跟鞋在淺灰地板上方晃啊晃。「還有喔，我叫你四哥不是因爲你能幹、了不起，或是我願意聽從你的安排，而是我被你媽生下來，別無選擇。」

張雁鳴微微扯動嘴角，終於轉過視線看她，「妳爲自己考慮得怎麼樣？什麼時候公開和連城的關係？先訂婚也好，對所有人都好。」

至少他的心情能多少安定下來。

張蝶語卻沒有馬上接話，只滿臉困擾。

「難道……連城不願意嗎？」

機會來了，營造連城的受害人形象就趁現在！張蝶語用力搖手，「正好相反，連城很願意。他就是太願意、太積極，給人好大的壓力。」

「喔……」張雁鳴滿腔說不出的複雜情緒，全在這一聲無意義的回應裡。

連城果然很愛他的妹妹，所以努力迎合他們全家每一個人，爲了打好關係，得到認可與幫助。合情合理，他早該知道的。

當然他會伸出援手，即便存著私心。他希望連城順利和妹妹結爲連理，留在家族裡，這樣至少自己能以妻舅的身分正大光明對他好。

假使沒了這一層聯繫，連城最終去到另一個女人身邊，他就是真正失去了對方。所以他當然要提供幫助，再難也得辦到。

「連城也三十歲了，難免有成家的壓力。他主動積極，不就是出於對妳的愛與渴望嗎？妳不知道……有多少人對此求而不得，只有羨慕的份。」張雁鳴盯著自己的鞋尖，稍稍洩露出一點心聲。

「我不確定要不要這麼快踏進愛情的墳墓。」

「三哥的婚姻生活一直很甜蜜。」

「二哥明顯是在墳場。」

張雁鳴皺起眉頭，這一題比較難答。

「四哥你不明白，連城的愛，太令人窒息！」

張雁鳴驚愕地望著妹妹，張蝶語則在心裡暗自得意。她有個經常被法律事件纏身的常客，每每案子敘述到一半，對方就岔題呻吟起愛情上的困擾，她深受多年荼毒，終於在今天獲得些許好處。

「他愛得太多太強烈，像要淹沒一個人似的，而我需要呼吸的空間！也許……也許我並不真的想要浪漫熱情的英俊男人呢？也許，我想要的是……」張蝶語藉機試探，把正牌男友的部分特質帶進對話，「懂我的需求、做我的後盾、煮飯好吃、打掃俐落，能夠守著一個溫暖寧靜的家等著我，讓我能專心事業，毫無後顧之憂的簡單男人。」

「妳想要家事服務公司？」

「什麼？才不是家事服務公司！」

「我隨時可以弄一間家事服務公司給連城經營，如果妳要的話。」

「誰要啊！胡說八道氣死人，我不要跟你說話了啦！」

張蝶語的氣話大概堅持了三分鐘，穿著白袍的江仲棋便來找他們，告知檢查剛剛完成，確認張延齡只是不嚴重的韌帶拉傷。

江仲棋遞給張家兄妹倆一疊文件，「這是接下來的檢查排程。」

兩雙疑惑的目光立刻投向他。

「噢，別瞪我！是伯母的主意，伯父也贊同，說是多做一點檢查，比較安心。」

江仲棋解釋道：「這些說明書、注意事項和同意書副本，伯母要我拿給你們，說她心煩意亂，沒辦法處理。」

張蝶語忍不住了，「因爲老公腳踝扭傷而心煩意亂嗎？」

江仲棋笑了笑，不就這句嘲諷給予回應，「晚點我會陪同專科醫生，到病房向伯父說明細節。你們先看一下文件，有什麼問題到時候都可以問。」

有張蝶語在，江仲棋也不便對張雁鳴多說什麼，必要事項交代完就離開了。

張雁鳴翻看文件，預定的檢查項目眞不少，甚至不全然與足踝有關。

張蝶語拿了一部分來看，一邊抱怨父母小題大作，腳受傷還要動來動去做各種不必要的檢查，小心越查越嚴重！

「阿姨們也是同一副德性，連兒子媳婦女兒女婿都帶過來探病，害老媽在電話裡一直催，說阿姨全家都這麼關心老爸，自家人可不能落後，叫我趕快來，帶著連城一起來。」

張雁鳴從文件裡驚訝抬頭，「妳答應了嗎？」

他一萬個不贊成把連城拖進姻親們的混亂當中。

「老媽都那麼說了，他能不來露個臉做做樣子嗎？缺席這一次，媽沒面子，我可不知道要被碎念到哪年哪月。」

張雁鳴板起了臉，「妳處處要連城盡一個未婚夫的責任，卻不給他名分，不太公平。」

「好啦，你那麼愛幫他伸張正義，等會兒正好把他交給你照顧。」

「什麼？」

張蝶語看了下手錶，「我大概可以跟老爸聊個十分鐘，下午要趕回去開庭。」

「我有安排好的會議！」

「那就交給大哥，或是老媽，或是……沒有人！哎，連城又不是小孩子，不需要我牽著他的手，他自己一個人沒問題的。」張蝶語把文件塞回給睜大眼睛瞪著自己的兄長，「快點，我看到老爸啦！我們快過去，時間有限。」

張雁鳴好不容易脫離驚愕，快步追上去，「張蝶語，妳等一等，我還有話要說。」

「說教的話不聽喔！不聽不聽！」

✦

最好是什麼東西都不用帶！笨蛋豬隊友的交代，連城左耳進右耳出，絕不照辦。他利用下午的空檔，帶著昂貴知名的補品禮盒，依著張蝶語發來的訊息，尋到了醫院。

明新醫院，預料中的事。張家多半是VIP中的最高級，需要醫療照護時還會到哪裡去？

連城快快不樂地走進明新醫院，去往電梯的途中不住左右張望，祈禱自己別那麼倒楣，遇見明新的未來院長江仲棋。

電梯一抵達張延齡所在的病房樓層，馬上就有專人上前引導，不愧是大人物住院。

連城被領到休息室模樣的房間，好幾個人忙碌進出，裡邊堆放著壯觀的慰問禮品大軍。

一名身著套裝的年輕女性迎上來，聲音柔美，說著制式感謝詞，手裡接過連城帶來的禮盒，和其他貢品整齊擺在一起，並在平板電腦記錄下連城的姓名和禮物的品項。

然後她抬起頭，帶著完美的微笑和期望的眼神望向連城，手指停在平板電腦上方，好像在等待什麼。

哦！連城醒悟過來。對方不認得他，在等他報出服務單位。

「我……呃，和張律師有業務往來……妳知道能在哪裡找到她嗎？」或許他該先打通電話給張蝶語。

「她離開了，去法院。」門口傳來張雁鳴的聲音。

連城在轉身前先綻開了笑容。

「總裁午安！今天不忙？」

倚著門框的張雁鳴是上班狀態的菁英打扮，只在眉宇間多添了些憂愁。

他抿了抿唇，掃了連城一眼，「今天沒事。」

連城困惑地笑笑，一時難以理解張雁鳴的眼神，但也沒想太多，見總裁跟下屬要來平板電腦，便靠近去看他打算做什麼。

張雁鳴若無其事地在連城的欄位裡憑空添加了第二筆禮物，「這是我媽心目中最完美的探病禮，通用所有病況。」

送對禮物，可以加兩百分。

「可以那麼做嗎？」連城驚奇道。

「當然可以，這些禮物全部都會轉送出去，爸媽只會看到文字記錄。」

張雁鳴接著簡單解釋這套行之有年的作法。身為啥也不缺的大富豪，偶爾受傷生病時收到的慰問禮極少派得上用場，想全部婉拒，不送禮便坐立難安的人數卻比想像中多，難以根絕，最後逐漸演變成現行的這套作法——要送的人盡情送，心意和物品則各自分流，去到有需求的地方。

「伯父現在是什麼狀況？要不要緊？」

總裁詫異地揚眉，「我妹只叫你來，其他什麼都沒說嗎？」

「我們大概花費太多時間在談論未來。」連城故意做了個苦瓜臉。

總裁的表情明顯一僵。

「沒什麼好操心的，我……我會幫你。」他伸手在連城的肩上拍了下，又快速收回手。

要幫什麼？不可能是要幫忙自己和張蝶語分手吧？連城依然掛著困惑的笑容，

「喔，那就多謝你了。」

張雁鳴可擠不出笑容。他把平板電腦還給部屬，領路往父親的病房走去。

「我爸沒有大礙。今天早上他從座車下來的時候，沒留意騎在人行道上的自行車，閃避太急，扭傷了腳踝，隨行的祕書和司機便將他直接送來這裡。傷勢檢查過了，韌帶拉傷，不嚴重。」

「幸好不嚴重，看你一臉憂愁，我很擔心。」

張雁鳴投給他怪異的一眼。從連城的語氣神情判斷，他擔心的對象，似乎不單指自己的父親，但那很奇怪。

兩人在病房一段距離外止步。

「我得先跟你說清楚，」張雁鳴低聲道：「病房裡有曉峰的外公，還有我家的許多親戚，他們聽我媽把你誇到天上去，除了對你十分好奇以外，有些人可能還會對你不太友善。」

煩死人的海邊親戚，連城是不太在乎的，他只想爲小畫家掬一把同情淚。

「大哥大嫂也在，你不必太擔心。」

「還有你。」連城道。

「什麼？」

「不是還有你在嗎？」

「對……我碰巧有空。」

連城露齒而笑，一口白牙閃亮亮的，「我就是運氣好。」

✦

探病的過程，一言以蔽之，是連城的人生新體驗，他從未同時被這麼多人討厭過。

張曉峰的外公是個霸氣十足的建商大老闆。他說他聽張曉峰說起過連城的好話，同時又明顯表現出不喜歡寶貝孫兒說別人的好話。連城有個強烈的感覺，如果不是賣張家的面子，對方根本不會理睬他。

儘管心胸略顯狹窄，張曉峰的外公總算記得自己是長輩，沒眞的爲難連城什麼，就是冷冷淡淡，面色不豫。

最讓人難以忍受的是總裁的表妹夫們，住得最靠海邊；兩位阿姨和表弟們緊追在後，其他女性同輩倒像來自另一個家族，文靜有禮，不大開口。

總裁的表妹夫們一看清連城的外表就不高興，好像他長得不夠醜怪對不起他們，不顧連城是來探病的，持續拋出各種不恰當的問題，言詞犀利刺人。

連城在小年夜的餐桌上也面對過無數個深度提問，感受卻大不相同。張家人是眞心想要了解他，病房裡的這些人卻只專注在找尋他的缺點，想令他難堪。

可惜他們只成功惹毛了張雁鳴，大概一半以上的無禮騷擾都被偏心的總裁半途打發掉，更讓他們不爽快。

看在張延齡夫婦的眼裡，這些小輩全是孩子，孩子們嬉嬉鬧鬧，互開玩笑，很是溫馨。

後來是江仲棋和另一名足踝專科醫生進來，客客氣氣把張老夫人以外的訪客全都請出去，說是探訪時間已過。

連城跟著總裁一起，最後離開病房。

江仲棋也跟出來，笑容滿面地向張雁鳴邀功，「幫你把親戚都趕走了，你要怎麼感謝我？」

連城的臉色瞬間暗了下來，其他所有人的不友善加起來再乘十倍，也沒有江醫師的存在讓他介懷。

江仲棋今天穿著醫師白袍，滿嘴術語，一副認眞專業帥氣逼人的樣子，比俱樂部那天更具魅力，連城越盯著他看，越不是滋味。

這人是個想搞外遇的渣耶！

連城警告自己別把這番心情表露出來。可是他看著江仲棋和總裁挨近說話，就是全身僵硬，到處都不舒服。

這人是個不愛老婆小孩的渣渣耶！

心中忙著上演各種小劇場的結果就是他漏聽了總裁的回答。江仲棋還要再說什麼，卻是欲言又止，視線瞥向連城。

江仲棋希望他離開，連城懂，也的確不想旁聽這場對話。

「我、我先到那邊去，去逛……呃，逛一下自動販賣機……」

說完他一溜煙逃了。

連城背後沒長眼睛，無法看見總裁皺著眉頭，盯著他的背影若有所思。

Chapter 17

擺脫掉江仲棋後，張雁鳴往連城離開的方向走，經過幾間病房、幾名忙碌的護理師、幾個靠著走廊扶手焦慮點擊著手機的病患家屬，都快走到了底，還是沒看見半台自動販賣機，更沒有連城的身影。

張雁鳴順著走廊拐彎，兜了一大圈，仍舊一無所獲。終於他決定尋求幫助，卻在找到一名看上去不太忙碌的護理師之前，先看見了母親。

張老夫人沿著走廊緩步而行，長裙裙襬輕輕搖曳，姿態優雅，眼睛看著牆面張貼的衛教海報，像在逛百貨公司的精品櫥窗。

她是個天生的美人胚子，品味好，重打扮，一生養尊處優，年紀大了又有現代醫美加持，外表顯不出眞正的年齡，即使已屆古稀之年，依舊不難從她此刻的模樣推想當年的風華絕代。

張雁鳴不覺露出微笑。

他加快腳步，迎上前去，「媽，您是不是需要什麼？怎麼不叫個人跑腿就好？」

老夫人見到小兒子，很是高興。

「出來走走，透口氣，」她伸手勾住兒子的臂彎，氣氛一下子從逛百貨櫥窗變成了花園散步，「你二哥他們剛到，帶了一鍋說是你嫂子親手做的補湯。眞的是……那麼多別人送的補品都不收了，何必弄什麼古裡古怪的東西浪費時間呢？」

「二嫂的一番孝心，還是別說太嚴苛的話吧！」張雁鳴溫言相勸。

母親白他一眼，「所以我不是躲了出來嗎？免得又被當成惡婆婆，我就不委屈嗎？唉，要是曉峰的媽還在就好了，你的幾個嫂子裡面，她最討我喜歡。」

因爲她過世得早，來不及被您討厭。

張雁鳴微笑不語，這句實話殺傷力太大，不可能說出口。

「哎，仲棋不在？」

「好像去忙其他病人，媽找他有事？」

「也沒什麼要緊事，就是想起忘了恭喜他有了第二個寶寶。聽說又是個男孩，眞好福氣。」老夫人意有所指地望了兒子一眼，另一隻手也伸上來搭住兒子的手臂，「時間過得眞快，老覺得昨天才看你們玩在一起，一轉眼仲棋都是兩個孩子的爸爸了。」

話題的走向太明顯，張雁鳴爲難地皺起眉，「媽……」

「不是催你，」張老夫人忙道，拍拍兒子的手臂作爲安撫，眼裡卻有股遮掩不住的急切，「知道你標準高，工作又忙，慢慢來沒關係，媽就剩你一個可以期待了，別像你幾個哥哥那樣，眼光不行。」

張雁鳴無奈一笑，「嫂子們有什麼不好？是媽的要求高得不合理。」

「要配我的兒子，標準怎麼能不高？我還覺得要求得不夠呢！」

老夫人哼了一聲，叨叨絮絮講述起心目中的完美媳婦，那個根本不可能存在的人選應該具備哪些條件。她說得很多，張雁鳴聽進耳裡的只剩單調的嗡嗡鳴響，毫無意義。

直到張延齡的祕書來找，並護送張老夫人返回病房後，張雁鳴還呆立在原地，好一陣子動也不動。

與母親那番話無關，這麼多年下來，對於母親不切實際的過度期待，他老早就習慣了。眞正的癥結點在於他終於意識到，自己不久前竟也對妹妹做了極其相似的事──以關心爲名義，在他人的終身大事上亂施壓力。

他摘下眼鏡，疲倦地揉著眼睛。也許，該停止了，順其自然，不要再插手妹妹的幸福了……

✦

從VIP樓層的安全門通往戶外，有處類似陽臺的空間，擺了幾株盆栽，圍牆盡頭是曲折的白色階梯，下到住院大樓後方庭院，銜接對面的門診大樓。許多小小人影在兩棟樓之間的綠色草坪上穿梭移動，像螞蟻行軍。

連城坐在階梯上段，滑著手機，無所事事。這裡景色單調，但是通風好，採光佳，又不打擾任何人，是處理想的休憩場所。

但是用力推開安全門、表情不太爽快的總裁顯然有不同的意見。

「這層樓沒有自動販賣機。」他開口就是抱怨，抬手指著連城，「整棟大樓都沒有自動販賣機，我繞了好大一圈找你！」

是啊！連城自己也是整層樓都快逛完才發現這個事實。

「沒想過打電話？」他笑咪咪舉起手機。

說到手機……張雁鳴瞇起眼，歪著頭睨他，「今天沒戴耳機，不聽席琳狄翁了嗎？」

連城一愣。哦，從總裁的神態和語氣判斷，他知道自己不需要再演下去了。

「怎麼識破的？」連城雖然是笑著問，心裡仍難免忐忑。

總裁倒沒有生氣的跡象。他把雙手插進褲袋裡，慢慢晃到連城身旁。

「江仲棋這個人，在外的名聲可以說是無懈可擊，連我妹那種個性，也不太會說他的壞話。」張雁鳴淡淡道，「上回你們在俱樂部見面，氣氛還不錯，今天卻是完全兩樣，你對他的反感太明顯。我很確定你們私下沒有往來，除了派對那時，我想不出他還能在什麼時候破壞他在你心中的形象。」

連城聳聳肩，對自己暴露的緣由並不懊悔，他有更重要的事情需要關切。

「他還沒有放棄嗎？是不是又來騷擾你？我們得想個辦法！」

張雁鳴彎起嘴角，「我應付得來。」

他低頭稍微檢視了一下階梯，沒有太多猶豫便在連城旁邊坐下。

今天是個偏暖的大晴天，陽光普照。階梯有護欄遮擋，劃分成明暗兩半，張雁鳴選擇的是陰影那一半，連城則在另外半邊，他手肘撐在後方的階梯，背脊往後躺靠，微仰的臉上雙眸半閉，享受著難得的春日暖陽。

張雁鳴轉頭看他。陽光很適合連城，明亮的光線下，他像金子般發亮。

「派對那天，為什麼假裝沒聽見？」

「哦，那個啊……」連城睜開眼，稍微坐直，手掌伸到後頸搔了幾把，「我只是覺得，一個人是否公開自己的隱私，在什麼時候、用什麼方式、對哪些人公開，都是只屬於那個人的選擇。這些選擇，不應該被剝奪。即使你識破了我，至少還能選擇這場談話要不要發生。」

連城頓了頓，歪頭做了個鬼臉，「另一個原因是我很怕當場被你滅口。」

「……說來慚愧，我曾經以為你恐同。」張雁鳴微微低下頭，想起蘇格蘭那一夜自己那過於匆促的錯誤解讀，耳朵不禁有些發熱。

連城大吃一驚，笑了起來，「怎麼可能？我就——」他及時把差點說溜嘴的話硬吞回去，「我就認識不少同志朋友。」

「我倒是認識不少恐同親友，剛剛在病房裡有一半以上都是他們的人馬。」張雁鳴悶悶說道。

親戚們也就算了，但是他沒辦法不在意母親。

「在萬曆，大家成天開大明帝國的玩笑，但是事實上，真正活在古代的是我外公家。外公的各種舊時觀念，影響我母親很深。你看她現在這樣，已經是婚後幾十年調整收斂過的版本了。」

張雁鳴長嘆一口氣，盯著自己擱在膝頭的十隻手指，繼續說著他很早很早就想說出來的許多話。

「我大學時察覺自己的性傾向，一直覺得恐慌。江仲棋是第一個……讓我覺得身爲同性戀不是世界末日的人，曾經對我意義非凡。

「我們從小認識，高中也同校，不過當時類組不同，大家都有課業壓力，他要拚醫科，尤其辛苦，其實不大有時間往來。後來我到了英國留學，他碰巧也在同一個城市，才重新變得親近。他聰明勤勉，長得好看，家世背景與我接近，相處的時日一多，自然而然曖昧起來。」

兩個人都是家教嚴格，性傾向都不能被家族發現，也還不能百分之百確定彼此的心意。張雁鳴至今仍記得那些感受，互相試探中的興奮、緊張與警戒，每一種情緒的升高也會連帶加深另外幾種。如果不是江仲棋在婚後的脫序行爲將友情破壞殆盡，那本該是一段能夠永久珍藏在心底、回憶時能嘗到一絲酸甜的美麗時光。

「然而，我們終究沒有跨過界線，正如你聽見的，因爲我的恐懼，以及他的人生規劃。我們好好談過，沒有遺憾地中止了還沒開始的一切。數年後才知道，只有我單方面了無遺憾。他順從父母，和不愛的對象結婚，第二個兒子幾個月前出生，期間但凡有機會，就來勸我循著他的人生道路走，如此一來，婚後便能自由自在，圓滿自己的欲求。」

張雁鳴對此嗤之以鼻，「嫁進豪門已經夠辛苦，再加上一個不愛女人的丈夫，根本是活地獄，他竟認爲我能那樣子害人。」

他對力持這種想法的江仲棋失望透頂。

江仲棋之後，他不是沒認識符合喜好的男性，但有時沒有達到心動的程度，有時很快發現對方是直的、或死會的，目標完全錯誤。

張雁鳴不斷告訴自己，隱藏性傾向是因爲還沒遇見那個對的人，能夠給予他挑戰母親的動力與勇氣。

現在他三十六歲，情況依舊沒有改變。偶爾他也會忍不住懷疑，是不是自己潛意識迴避衝突，才總是挑到不可能的對象，好永遠迴避性傾向公開與否的難題？

多年心事一吐爲快，過程中，張雁鳴沒有望過連城一眼，視線在前方的白色階梯和自己的雙手之間游移。

這附近很靜，此刻卻太靜了，心臟的鼓動，加快的呼吸，一旦停止說話，耳裡聽見的都是自己的不安。

連城會有什麼反應？銜著金湯匙出生的富家少爺爲了人生唯一不能如願的小事無病呻吟很可笑？雖說他心裡知道連城不是那樣的性格，可是人在太過在意時，就會無邊無際擔心起來。

幾次深呼吸後，張雁鳴的視線終於從指尖移開，望向身邊的同伴。

連城已經不是先前曬著太陽的慵懶姿態，他將手肘撐在膝上，上身前傾，凝視著張雁鳴的一雙眼很專注，專注到眉間都隱隱現出兩道刻痕。張雁鳴幾乎能看見連城腦中的無數粒細胞正在拚命運作，試圖尋找出此刻最完美的應對。

完美的應對，沒有那種東西存在。

然而，連城的鄭重其事，有效緩解了張雁鳴的焦慮。

張雁鳴的嘴角剛剛彎起，正打算先開口，連城忽然改變坐姿，單手伸進外套口袋一陣摸索，再掏出來時臉上伴著大大的笑容，暖得像頭頂上的太陽。

連城的手心多了一小條巧克力，他打開包裝，折成兩半，一半塞進張雁鳴的手裡。

張雁鳴詫異地揚起眉毛，「……你隨身帶著零食嗎？」

「合夥人孝謙今天帶小孩來餐廳，他的小女兒送我的。」連城嚼著自己那半塊巧克力，笑著說：「沒辦法，我就是深受小孩歡迎。」

看著手裡的零食，張雁鳴搖了搖頭。

「我又不是幼稚園的小朋友……」儘管張雁鳴咕噥著，卻管不住嘴角上揚的角度越來越明顯。

小心翼翼咬下一口，果然甜，連城給的巧克力總是太甜，可是他沒停下來，像被下咒般，又咬了第二口、第三口……摻在巧克力裡的堅果被牙齒咬得喀喀響。

都說巧克力能帶來好心情，製造出幸福感，好像並不是騙人的。

往旁邊望過去一眼，他遇上連城關切的視線，在適當、有禮的距離外。

張雁鳴笑了笑，移開目光。他很高興有連城的陪伴，聽自己說著那些不能對其他人說出口的話。可是最多也只能到這種程度吧？隨著傾吐祕密而減少的一部分心頭重擔，遺下的空間終究還是要被寂寞給填滿。

靜默持續了好一陣子，連城突然說：「下個月就是母親節了。」

「嗯，是快到了。」

「我打算用力討好你媽，挑一份母親節禮物，送到她的心坎裡。你能不能幫我這個忙，提供挑選禮物的意見？」

看見連城眼中的滿滿期待，張雁鳴忍不住發笑。連城根本不知道那是多麼困難的要求！

「先說說以往你都怎麼挑選母親節禮物。」

「很簡單，我媽把禮物的販售網址傳過來，我網購刷卡，直送她家。」

張雁鳴倏忽睜大了雙眼。連城毫不意外，那種又羨又妒的眼神，他早已見過上百次。

「我知道、我知道！我的母親節送禮慣例備受眾人嫉恨，僅次於我的豐胸翹臀。」

沒事提起身材是不是故意的？張雁鳴想起手機裡那張該刪未刪的照片，臉上一陣紅熱。

「你們家呢？是不是很費工夫？」連城問。

張雁鳴假裝咳嗽，別過臉去，好不容易臉色恢復正常，才說：「在我們家，我媽認爲子女若是夠有孝心，自然能察覺她的需求，即使許多時候她自己也沒有答案。所以說，要幫上你的忙恐怕不容易，每年我們都爲此很頭痛，包括所有的助理在內。三哥去年還提議要辦降靈會，尋求神祕力量的幫助。」

「那就更應該一起去挑禮物！說不定我能貢獻不同的觀點。」連城興致勃勃道：「不只小朋友，我同時也有老太太的緣，光臨三隻羊的婆婆媽媽們都超喜歡我呢！」

儘管說詞前後顛倒，從原本的要求協助，變成想要貢獻一己之力，聽上去亂七八糟，連城總歸是約到了總裁，在一星期後的週五。

期間，連城又陪著張蝶語去過一次醫院，兩人在途中針對分手基礎工程的建造方向頗有一番論戰。

「原來那就是『幫忙』的意思？總裁要助我完成願望，和妳結婚？哇喔！」連城又驚又怨地瞪著張蝶語，「妳做的是什麼基礎工程？蓋監獄嗎？」

「首先，四哥明明應該幫我，不是幫你！反正他也不能怎麼做，難道能逼我們去戶政事務所畫押嗎？」

連城沒注意聽，陷在自己的迷惑與混亂裡，「我……我都不知道總裁這麼期待我們結婚，他是不是很想要一個弟弟？」

總裁對他的好感，是喜歡一個弟弟的意思嗎？兄弟之情是這個模樣嗎？

張蝶語聳聳肩，並不在乎。

連城在她身旁微微癟嘴，「要不要……幹脆我們結婚算了，如果總裁眞的——哎喲！」他摀著挨打的後腦，誇張地大叫。

「清醒一點好不好？你們兩個加在一起簡直比我媽還要煩了！」大小姐怒道。

最後兩人達成的約定，也只有終止散布連城急於結婚的謠言，以及盡全力扮演好各自的角色，安穩度過近在眼前的母親節。張家對待母親節的愼重，果然不是開玩笑的。

✦

在連城半是期待、半是困惑的心情下，約好和張雁鳴一起去挑禮物的週五總算來到。

當天，連城說服總裁捨棄司機和招搖的名車，在萬禧飯店的大門外等他開車來載。

連城之所以與張雁鳴訂下這個約定，本意從來不是爲了張老夫人。母親節禮物他早就全權交給張蝶語作主，最後兩人聯名送禮即可。

他只想要一個合理正當的名目，約張雁鳴度過至少半天愉快的時光。他想要彌補在醫院外的階梯上，面對張雁鳴那抹寂寞的笑，自己卻什麼也沒做、想說的話都不能說的歉疚。

張雁鳴卻是百分之百爲了母親節禮物而來，甫上車就打開手機，對照著螢幕，把地址輸進連城車上的導航系統。

連城好奇挨近，一眼就看到十來筆店名與地址，還有更多沒顯示出來。據總裁說，資料由他的三名特助提供。每年他們會觀察、刺探老夫人的喜好，同時收買老夫人身邊的工作人員以獲取情報，是非常有用的珍貴建議。

不過，今年的建議名單有些異樣。

張雁鳴一連串瀏覽下來，有母親喜愛的品牌，有固定來往的大型藝品商，店家名稱都不陌生，唯獨安東尼提供的表單裡，出現了一家從來沒聽說過的藝廊。

總裁是爲了母親節禮物而來。一開始，連城對此深信不疑。

張家人購物，習慣從踏進店門就有專人接待，殷勤伺候直到離開爲止。他們逛過一間又一間老夫人喜愛的精品大牌，店家當然認得萬歷張雁鳴，派出來招呼大財主的店經理或高階員工，十個有四個把連城視爲總裁的新助理，四個認爲他應該和萬里航空總經理李志承差不多職級，剩下兩個認眞觀察他們之間的互動，眼裡閃著連城不想深究的光芒。

張雁鳴經常詢問連城的意見，最後這邊買一點那邊買一點，很隨興。連城漸漸起了疑心，因爲總裁不像眞的在乎買了什麼禮物作爲候選。

其中有一回，張雁鳴對著玻璃展示櫃裡的寶石戒指，向連城講起一段張延齡誤以爲弄丟婚戒的趣事，內容比小說還離奇。他說得眉飛色舞，連城也聽得投入，在經理帶著鎮店之寶回到他們面前，談話不得不中斷時，一抹不豫之色短暫掠過總裁的眉眼，好像他更想繼續閒聊，勝過此行的主要目的。

連城暗地裡把今天當成約會，現在他深深懷疑，或者說滿懷期待，總裁是不是也有同感？

這份懷疑，在下一站的古董鋪得到了證實。

古董鋪不大，商品繁雜，種類稀奇古怪，風格並不統一，踏進店門彷彿穿越到了異世界。

店老闆同樣是張家的熟識，將他們迎到一角的木桌木椅喝茶吃點心，熱情地展示最近蒐羅到的得意珍品。

剛解說沒幾句，店鋪深處有人掀開簾子，走出來的竟是張鳳翔夫妻。

「三哥？」連城叫了張鳳翔一聲，同時注意到總裁的眉頭猛地皺了一下，似乎不太開心，至於是不開心張鳳翔的出現，還是他叫的那一聲「三哥」，連城暫時沒空細想。

張鳳翔抱著一個捆著錦繩的彩繪木盒，苗芊芊伴在他身旁，專心滑著手機，眼也沒抬。

「嘿，眞是巧！」張家老三看到他們很驚喜，伸手輕拍木盒，神祕地眨眨眼，「我來拿下一本書的靈感。來自羅馬尼亞，邪惡又美麗的古董手鏡，會是血流成河的有趣故事喔！」

……改寫西洋吸血鬼了嗎？連城身爲粉絲，立刻表示期待，雖然用詞稍嫌浮誇，卻不是謊言，他是眞的好奇。

「你們呢？來找什麼？」張鳳翔歪著頭，目光在弟弟、連城和桌上的古玩之間轉來轉去。

從連城站著的角度，看不見總裁拚命搜尋藉口的苦惱神情，他沒有多想，據實以答，「我們正在狩獵母親節禮物。」

張鳳翔先是一驚，接著蹙起眉，開口埋怨總裁弟弟，並痛心疾首地搖頭，「不是說好今年大嫂出主意，其他人出錢嗎？怎麼可以違反規定，私下偷偷加碼？」

「我沒有違規，是連城要送的禮物。」

「什麼？小蝶說你也會加入不是嗎？」張鳳翔這句話是對著連城問的。

三哥居然知道他根本不必要張羅禮物？連城只得強笑著胡說八道：「是、是嗎？她、她一定是忘了告訴我。」

「不對啊，那個時候明明——」

「哎，好煩喲，要走了沒有？」苗芊芊不耐地打岔，視線還黏在手機螢幕上，「你再問也沒有用。以前我們約會見面，都騙其他人說是爲了討論劇本，現在他們也一樣，就是胡亂編造個藉口，眞正做的是什麼事才不會老實交代呢！」

在場三個人——不，是四個人，包括旁聽的老闆，八隻眼睛一起瞪著苗芊芊，有震驚有錯愕，還有人臉頰發熱。

「站得腳好痠，我要回車上了。」苗芊芊不在意眾人的反應，說走就走。

「寶貝等等我！」張鳳翔幾步趕上老婆，一面回頭朝連城喊：「啊對了，我正在籌辦一場派對，安排好再通知你時間地點！」

「……喔好，三哥再見。」連城舉手揮了揮。

張鳳翔夫婦走後，店鋪內一片死寂。

總裁匆匆把桌上所有商品全部結了帳，吩咐店家把貨送去跟以前同樣的地址，便拉著連城逃跑似的，也離開了古董鋪。

他們沿著街道往停車場走，周遭路人不多，張雁鳴環顧左右，確認說話沒有被旁人聽見的風險，才放慢腳步。

「別去三哥的派對。」

「什麼？」連城沒聽清楚。

「如果你不希望隔天醒來身邊多了好幾個赤條條的陌生人，對前晚發生的事情毫無記憶，就別參與三哥主辦的任何夜間活動。」

「你的親身經歷嗎？」連城說話帶著玩笑的意味，換來一個白眼。

「是幫忙收拾爛攤子的親身經歷。」張雁鳴長嘆一聲，「三哥從來沒有惡意，但是他的派對太瘋狂，來往的賓客複雜，造成過許多傷害。我不希望你也淪爲受害者。」

總裁的關心很暖，連城點頭笑著答應，「知道了，說說社交辭令而已，我不會眞的參加。」

回到車上，張雁鳴滑開手機螢幕，名單上還剩最後一家藝廊。

連城看一眼地址，又看一眼總裁，「藝廊就算了吧！去吃晚餐好不好？」

經苗芊芊這麼一鬧，他不覺得有繼續假裝挑選母親節禮物的必要。

「晚餐？」

「對啊，晚餐，」連城興致勃勃，「上次讓你請客，禮尚往來，總該給我回報的機會才公平吧？」

張雁鳴考慮了一會兒，點頭說好。

連城開心極了，「有沒有想吃哪家餐廳？或是特定的料理種類？」

「如果你不介意，我對你的餐廳很感興趣。」

連城沒有立刻答應。莊孝謙很好，是每個人都該擁有的朋友，但是楊大廚難以預測，讓總裁和他見面難說是個好主意。

「不方便也沒關係。」張雁鳴小心壓抑著心裡的失望。

「沒那回事，」連城轉頭對他微笑，「就去三隻羊，老闆親自招待。」

從另一方面來看，三隻羊食物好吃，氣氛溫馨，員工訓練有素，他是很自豪的。

「先去藝廊再吃飯。」總裁往前傾身，把地址輸進導航系統，抬頭瞥向連城，有些不好意思，「……就缺一家沒去，心裡怪怪的。」

「好，先去藝廊再吃飯。」

跟一路逛過來的店家相較之下，這間藝廊實在毫不起眼。藝廊隱身在巷子裡，門面樸素，單扇玻璃門，旁邊一小片白牆釘著一塊透明壓克力板，黑字寫就的店名壓在上頭。

推門入內，一名身著暗色套裝的年輕女性用微笑招呼他們。連城的視線約略掃過一圈，藝廊內部空間不大，展示的作品九成是畫作，以間隔稍擠的距離懸滿所有壁面，靠牆角落處還堆放了一些。店裡沒有其他顧客，連同店員總共就只有三個人。

單就氣氛來說，這間藝廊散發出一種口袋不用太深也能享受藝術的親和力，沒有太高不可攀的距離感。

連城滿喜歡這樣的氛圍。

他將目光隨意停留在牆面的畫作，一股不祥的異樣感忽然湧上。這些作品好眼熟啊！不僅僅是畫風，他甚至覺得自己看過其中幾幅的半成品。這對不太關心藝文界的連城來說實在不可思議，可能的解答只有一種。

他連忙確認藝術家姓名。

果然，鄒文雅三個字從來沒這麼驚悚刺眼過。

世上有這種巧合嗎？

「推薦這家藝廊的是誰？」他轉頭問總裁。

「是安東。」張雁鳴對連城的疑問也感到好奇，「他不熟悉藝文領域，通常不會推薦這一類的店家，我總覺得他別有深意，所以想來看一看。」

是啊，真的好有深意！腳踩不到底，要淹死人了！

連城伸長脖子，盡量不動聲色地再次張望，百分之百確定沒有其他人在場。感謝社交恐懼症，小畫家不在這裡。只是觀賞畫作應該不會有什麼問題才對，他略微鬆了一口氣。

在張雁鳴的示意下，原本在稍遠處待命的門市人員靠近過來。她很年輕，留一頭烏黑長直髮，笑容甜美，聲音輕輕柔柔，對銷售一行來說或許過於稚嫩，卻是個討人喜歡的優點。

她說自己叫Janet，有任何關於作品的疑問都可以爲客人解答。

總裁請Janet爲他們介紹小畫家。

連城緊張兮兮聽著Janet講起小畫家的學經歷。那些他早就都知道，腦中只忙著胡思亂想。萬一Janet說到什麼不該讓總裁提前聽見的內容，他該怎麼辦？用暴力阻止嗎？有沒有比櫃臺邊的幾個空畫框更俐落好用的凶器？

幸好連城腦中的行凶計畫只構思了很短的時間，小畫家沒什麼豐功偉業，講完出身、流派，Janet便開始就牆上的作品逐一進行解說，自然不可能提到小畫家的私生活。

連城亦步亦趨跟在張雁鳴身邊，難得認眞聆聽畫作解析。

他在藝文領域的知識與感受力極爲有限，三十年人生裡對藝術的最大貢獻就是爲餐廳添置裝飾畫。即使如此，那也是設計師挑選，他單純付錢而已。

小畫家的作品，連城不懂優劣，一向被他隨便歸在「看得出來畫什麼」的類別裡。陳列在牆上的這批畫作被Janet統括爲都市百態，畫布上多是大城市裡的某個角落，不同年齡、階層的居民以各種姿態出現在街道上、公園裡，或者在室內、在窗邊，即使是同一個空間，角度一變化，就是兩樣的風情。

有時是綠蔭下躲太陽的上班族，襯衫起皺，半鬆開的領帶歪在一旁；有時又在雨中，一群人撐著黑色紅色的傘，茫然盯著交通號誌；偶爾也有中學生踮著腳趴在牆頭，伸長手逗弄野貓的可愛畫面。

小畫家盡力迴避人際交流，卻是細膩的觀察家，而他的觀察所得，又被Janet講解得更加生動。

連城記得初認識小畫家時，身爲開話題帶氣氛的一方，他投其所好，談起對方的作品，拋出各種問題，小畫家結巴半天，只擠得出一句回答——就是個感覺。

回憶讓連城不自覺面露微笑，並打算把握機會多記得幾句Janet的解析，下次見到小畫家，一定要問問他，對於別人幫他詮釋的這個「感覺」，他感覺如何啊？

一路看了七、八幅畫，張雁鳴還是看不出安特助爲什麼希望他造訪這家藝廊。然後他看見了答案，可能性很高的答案。

連續三幅畫描繪著同一名女性，臉部被巧妙遮掩住，看不見長相，但是那身形姿態，造型風格，像極了他的妹妹張蝶語。

張雁鳴睜大眼睛，差點要伸手去揉，以防眼花認錯，他轉頭看連城，對方瞪著那三幅畫，也是一臉驚異。

「畫中女子是不是很像小蝶？」

像得太明顯，連城無法睜眼說瞎話，只得呆呆地點了點頭，「是……是有那麼幾分相像。」

所謂的幾分是謙遜之詞，根本就是一百分！張蝶語大律師，妳知道妳的祕密同居男友把妳繪在畫布上，公開展示在畫廊，然後被妳哥看見了嗎？

連城偏頭細看旁邊的標示，畫作的名稱是——眞愛。

上天保佑那些掉滿地的雞皮疙瘩……小畫家，你可以再通俗直接一點！

「其實這不奇怪，小蝶畢竟是名媛千金，媒體有時也會報導，作畫的藝術家搞不好湊巧被照片激發靈感，或者根本是小蝶的粉絲，也可能那是另一個外表與小蝶相像的模特兒……總之，各種情況都有可能。」連城試著把總裁帶離事實眞相，離得越遠越好。

「不是喲！」Janet帶著明亮的笑容，來搞破壞了，「這三幅畫自成一個系列，是老師的眞實故事，很美——」

「妳不知道就別亂說！」連城急忙阻止。

「我、我當然知道！」

「不，妳不知道妳知道的是什麼。」

Janet在驚訝中動搖了。鄒老師的確只親口告訴她，畫中女子是他的摯愛，是世上最好的人，其他全靠她的腦補天分，編織出一個美麗浪漫的故事說給顧客聽，以利銷售。其中的眞正細節，恐怕她確實不了解。

「你……你知道什麼我不知道的嗎？」

「咦，妳都不知道自己不知道什麼，我又怎麼會知道妳不知道什麼?」

Janet愣住了，一時無法應對。她遇過奧客，很多很多奧客，這種無賴的風格卻是頭一回碰上。

張雁鳴對身旁二人的拌嘴吵鬧置若罔聞，只專心賞畫。

這位籍籍無名的鄒姓藝術家，大多數作品都沒能給他帶來什麼感覺，唯獨這幾幅肖似妹妹的畫，情感赤裸而眞摯，他越看越喜歡。

「我們應該買下這幾幅畫，送給小蝶當禮物，」張雁鳴向連城提議，「她一定很驚喜。」

是驚嚇吧!

連城在腦中排演了一下，忽然能夠理解安特助的想法。到時候場面一定非常有趣，連他都忍不住想旁觀看熱鬧。

不、不對!這場熱鬧很可能引火上身，燒到自己，太危險了，必須阻止!

張雁鳴已經開口向Janet詢價，對方卻一臉爲難。

「這……這個系列，鄒老師不太願意賣呢……」Janet輕嘆一口氣，「其他作品也是非常優秀的傑作，爲什麼大家只對這三幅感興趣呢?」

「什麼意思?」連城好奇問。

「不久前，也是兩位先生，也是詢問這三幅畫。我特地打電話聯繫老師，可惜沒辦法說服老師出售。」

連城又問：「那兩位先生，其中一位是不是身材瘦小，頭髮捲捲的，眼睛圓圓的，容易讓人聯想到黃金鼠？」

總裁在旁偷笑了一聲，他是第一次聽人用黃金鼠形容安東尼，意外貼切。

「你怎麼知道？啊，不、不是的，怎麼、怎麼能說客人像黃金鼠……」Janet先是吃驚，又因爲不小心承認顧客像黃金鼠而懊惱。

果然是安特助。

連城實在不懂，萬一被張蝶語知道，明年此時是要讓人帶著葵瓜子替安特助上墳嗎？總裁還得再招聘另一個姓名特殊的助理，多麼麻煩！

「不肯賣的原因多半是出價不夠高。」張雁鳴不認爲自己會遭遇同樣的問題，「我能親自跟這位藝術家談談嗎？」

Janet的胸中燃起希望，她也期盼能多談成幾筆交易。

「當然好啊！正巧老師今天會送新作過來，大概已經在路上，很快會到。」

張雁鳴點頭，「那我們就等吧。」

連城希望沒人發現他倒抽了一口氣。

總裁和小畫家見面，假設後者沒有在認出女友哥哥的第一時間拔腿逃跑，兩人順利開始談話，總裁一定會問他靈感來源。小畫家完全不懂迴避敷衍鬼扯說謊之類的藝術，回應只有沉默不語和實話實說兩種可能。

哪一種都不妙。基於對張蝶語的朋友道義，和保住自己的小命，他必須做點什麼……

「確定要浪費那麼多錢嗎？這幾幅畫平凡無奇，拿相機幫小蝶拍兩張照片還能拍到清晰的臉，效果更好。」

連城的惡意批評讓Janet胸中希望的火焰退化成一簇火苗，她強笑道：「攝影和繪畫各有千秋，是截然不同的領域，不能比較的。先不提鄒老師經年累月淬煉出的技巧，光是投注在作品中的豐沛情感，就具有金錢難以衡量的價值，怎麼能說是平凡無奇呢？」

「是嗎？我覺得我的三歲外甥也畫得出來。」對不起了小畫家，詆毀你是爲了救你啊！連城在心中向毫不知情的鄒文雅道歉。

「先生，我們每一件作品都是藝術家獨一無二的心血結晶！」

「我外甥的作品也是獨一無二，還不用錢呢！」

「太、太過分了，我們沒辦法接待不尊重藝術的……粗魯客人！很抱歉，請您馬上離開！」Janet終於氣憤地下逐客令。

「啊，眞可惜，我被驅逐了，走吧！」

連城計謀得逞，心中竊喜，表面假裝遺憾，轉頭就要逃離，總裁卻拉住他。

「我朋友愛開玩笑，說話有失分寸，眞對不起，請不要放在心上。」張雁鳴代替連城道歉，同時斜眼瞅他，低聲問：「你在做什麼？」

連城看著總裁的眼睛。雖然總裁代他致歉，雖然質問他的語氣刻意嚴厲，總裁眼裡卻找不到半點怨責。

萬歷張家每個人都是護短的，連城想起不知在哪裡看過這句話。

「我……我不確定……」連城決定豁出去了！「就是覺得……覺得不太舒服……」

他閉眼蹙眉，微一搖晃，忽然往總裁身上倒過去，彷彿全身骨頭莫名其妙消失了一半。

張雁鳴立刻伸手扶住他。

好破爛的演技！好無恥的招數！Janet駭異地瞪著這一幕。那位無賴的客人眞的是拚命在擋人財路，到底是跟鄒老師有什麼私仇？

那位比較嚴肅的先生瞬間僵硬成石像，她本以爲那樣的反應是出於噁心尷尬——因爲她自己覺得噁心尷尬，但她很快就發現這個猜測錯得離譜。

嚴肅客人沒有把無賴客人推開，或是把他摔到十八公尺外，而是好好攙扶住他，語氣滿滿全是關心，「哪裡不舒服？」

「頭好暈……」

不要臉的無賴客人得寸進尺，整顆頭往嚴肅客人的肩膀上靠，臉都貼碰到了對方的頸子，一隻手也抬上去鬆鬆圈著他的腰，這根本是吃豆腐、性騷擾啊！

那位嚴肅的客人……已經不能被叫做嚴肅的客人了！他整個人明顯軟化下來，兩頰泛起的紅暈好看得不得了。他小心攬住無賴客人的肩頭，一隻手護在其背脊上，像對待脆弱珍貴的寶物，神情溫柔得都要讓Janet羨慕起那名無賴客人了！

「有沒有地方能暫時讓他坐下來？」

「喔，有、有的，請往這裡走。」

Janet回過神，正要領路，無賴客人卻拖住嚴肅客人不肯移動，以一個頭暈站不穩的人來說，力氣可真不小哇！

「不、不……」連城放膽收緊了環在總裁腰上的手，「這裡……這裡的空氣太糟，要……要戶外的新鮮空氣才有幫助。」

Janet額頭的青筋跳動，「這位先生真是胡說八道——」

「唉，空氣好差，胸……胸口好悶……」連城不給她機會說完，嘴裡哼哼唉唉地嚧著要離開。

張雁鳴萬不得已，再度致歉，「今天不好意思，我會再來。」

「不、不會再來了！」連城緊閉雙眼，咕噥著。

「好的，請慢走，沒關係的。」你不來沒關係啦！Janet忿忿地心想，同時擠出踏入職場以來最艱難的笑容，用力在奧客們身後關上大門。

✦

張雁鳴倚靠著轎車車門，維持著與在畫廊裡差不多的姿勢不動，等待連城恢復，或者說，等連城覺得玩夠了。

他當然知道連城在胡鬧，搞不好還是只對他一個人有效的胡鬧，可是他知道歸知道，就是沒辦法拒絕配合。

「那個畫家，是你不想見，還是我不能見？」張雁鳴輕聲問。

果然很明顯嗎？連城抬起頭，一綹髮絲隨著他的動作垂落下來，他微笑著說：「保證將來一定跟你說清楚？」

「好吧……」

張雁鳴伸出手，把落下來蓋住連城眼睛的頭髮撥回耳後。他沒有多想什麼，動作太自然而然，直到指尖碰觸到連城的耳殼，才驚覺這個舉動太親密，快速撤回了手。

連城當然一點都不介意，甚至舒服地閉了閉眼。

他不否認自己是趁機耍賴，但是總裁縱容他，由著他胡鬧，這個事實讓他的腳下像踩著雲朵，輕飄飄地，腦袋真的有點暈眩。

連城的下巴還擱在張雁鳴的肩膀上，鼻端離他的頸窩很近，碰觸到細細軟軟的頭髮，脈搏跳動明顯處，古龍水的香氣也格外強烈，皮革混著松木的氣味竄進鼻腔，溢滿肺腑，昂貴又醉人。

這不是他第一次抱著總裁，他在蘇格蘭也有過極其短暫的幾秒鐘經驗，然而那和此刻的感受完全不能比擬。那時他對張雁鳴還沒有過度遐想，多是小老百姓仰望雲端之人的好奇與崇拜，至於是何時產生了轉變，他也說不上來確切的時間點。

他只知道，他對張雁鳴，或許不光是仰慕與喜歡了。

如果事情由連城說了算，他眞的很想多在街邊待幾分鐘，再抱總裁久一點，可惜小畫家隨時可能會到，他們再不離開，自己降低水準當一名奧客的犧牲就要付諸流水。

連城戀戀不捨地鬆開總裁，挺直了背脊，「流通的空氣很有療效，終於不暈了。」

他轉動頭頸，一副神清氣爽模樣。

「還演！」張雁鳴笑著搖頭。

兩人上車繫妥安全帶，連城發動引擎上路。

下一個目標，去三隻羊吃晚飯。

Chapter 19

早在決定晚飯地點時，連城就抽空傳了訊息過去，拜託三隻羊的夥伴們別洩漏任何祕密給總裁。

兩名合夥人知道張蝶語的假男友計畫和連城的性傾向，幾名資深正職員工只知道後者。莊孝謙和餐廳員工都有分寸，連城信得過他們；唯一就怕楊大廚，連城在訊息裡再三囑咐他，屆時千萬不可以亂說話，最好半個字都不說。

車子開動後，連城便爲總裁進行人物介紹，類似打預防針的概念。

「我們三個是在大學認識的。」連城以這句話作爲開場白。

先認識的是連城和楊大廚。兩人在大一時都沒選擇住宿舍，碰巧分租同一戶家庭式公寓，成爲室友。

楊大廚從小就熱愛下廚，近乎痴迷，雙親卻認爲廚師之路太辛苦，希望他將來穿西裝坐辦公室，所以楊大廚和連城讀的是同一所商學院的不同科系。

註冊入學是一回事，課業用不用心又是另一回事。楊大廚的一顆心早已獻給廚房，有空沒空都要擠出時間煮飯做菜，課堂上偷偷研究食譜，把商學院當成了廚藝學校念。

連城和楊大廚的才能完全相反，遵照包裝指示、準確操作微波爐就是他的廚藝極限。

同居初期，連城半夜泡麵，只要楊大廚聽見動靜或聞到味道，必定暴跳抗議，嚷嚷著要在他的地盤吃泡麵，就算踏過他的屍體，他也會不斷從六呎之下爬回來，阻撓到底！然後馬上變出簡單卻美味的宵夜餵飽室友。

楊大廚的稱呼就是這麼來的，連城運動健身的習慣也是在同一個時期養成的，不然眞的會肥到連媽媽都認不出來。

漸漸地，楊大廚高明的廚藝與來者不拒的熱忱，引來了其他同學搭伙，人數越來越多，即使連城黑心收費，還是有錢太多的混蛋敗家子嚇不退趕不走。

外宿生活的安寧一去不復返，收穫是結識了莊孝謙。

莊孝謙和當年的女友、現在的妻子，就是在楊大廚的餐桌上認識，上演了好幾年的愛情偶像劇，最後在畢業那年修成正果，十二個月後誕下長男，因此他也被稱作趕進度的孝謙。

至於楊大廚，則在連城的鞭策與惡補下，勉強從大學畢業，決定轉換專業，追尋畢生所愛，順利考取廚師證照。

莊孝謙讀的是餐飲管理，連城在三人中財力最佳，沒有債務，不需養家，母親甚至贊助他一筆資金，加上貸款，三個人便互補互助地合作開起了餐廳。

曾被連城的姊姊取笑是扮家家酒的三隻羊，在實力、努力與運氣兼備的情況下，營運慢慢上了軌道，有了盈餘，還賺到許多好口碑。

這段期間莊孝謙依舊在趕進度，三十歲年紀已經有車有房，還有一雙兒女。他和妻子雙薪為小家庭打拚，同時扛起原生家庭的經濟重擔，照顧弟弟妹妹，不時也幫忙岳家，到現在還是偶有手頭緊的時候。

莊孝謙夫妻都是很好的人，事實上有點太好了，連城欽佩疼惜之餘，只能在金錢和臨時協助帶小孩上盡量幫忙。

相較之下，楊大廚的日子過得可說是逍遙自在。他在畢業後搬回家，和父母以及未婚手足同住。他不是么兒，卻是雙親最掛念的孩子。

連城是楊大廚為數極為稀少的朋友，很受楊家父母的喜歡，幾乎到了視作親生兒子的程度。

「我從來搞不清楚，伯父伯母是喜歡我這個人，還是因為要把傷腦筋的兒子託付給我一輩子才對我好。」連城開玩笑地說。他趁紅燈時瞥了眼總裁，對方一直安靜聽他說話，不知道是專注入神，還是出於其他原因，他有點憂慮。

「糟糕，餐廳那些事我曾經在小年夜的餐桌上提過，你重複聽會不會無聊？」連城又補上一句。

「不無聊，」張雁鳴微笑回應，「現在聽，感覺不一樣。」

其實張雁鳴並沒有重複聽。小年夜當時，他忙著為自己的壞運氣以及又出錯的眼光感慨人生，心思根本不在餐桌上的對話。

現在的感覺是真的不一樣，至於算不算變好了，他又說不上來。

抵達餐廳時，老闆之一的莊孝謙早在門口等候，一看見他們，立即推開門，綻開笑臉迎接。

連城就在門口介紹兩人認識，這種單純介紹兩邊朋友認識的輕鬆態度，對張雁鳴是罕有的體驗，他很喜歡，與莊孝謙簡短交流過後留下的印象也是極好。

莊孝謙親自爲他們帶位，留下水和菜單之後才離開。

翻看菜單前，張雁鳴舉目四顧，先滿足他對這家餐館的好奇心。

三隻羊的總坪數不小，裝潢用色緊扣餐廳主題的綠草與綿羊，大量使用綠色白色，輔以鵝黃和橘黃，明亮搶眼。頭頂上的吊燈是雲朵造型，不僅是白雲，也像綿羊，頗富奇趣。

光顧前他已經知道餐廳的主力客群是家庭，空間規劃上確實也以此爲重，考慮到占空間的嬰兒車與活動力旺盛的兒童，座位寬敞，桌子間距足夠，目所能及之處，清潔工作也很到位。

透過窗戶望出去，滿是綠意的戶外庭院亮著幾盞暖黃小燈，應該可以是臨時需要安撫兒童的好去處。

張雁鳴看了看錶，現在已時近最後點餐時間，店內客人仍然不少，好幾桌都是父母帶著小孩的家庭組合，各處的說話聲匯聚，加上背景音樂活潑輕快，餐廳氣氛相當熱鬧。

這是個不需要小心翼翼的自在空間，他不覺也在皮面沙發椅上放鬆下來。

再看菜單，設計也夠水準，符合訴求的目標客群，菜色品項豐富、分類清楚、排列——

慢著，張雁鳴及時打住，連城帶他過來，是招待他享用一頓朋友之間的晚餐，可不是要他爲餐廳打分數。

微一抬眼，張雁鳴注意到連城的視線緊盯著自己，姿態有些緊繃，自蘇格蘭旅遊回來後，這是他第一次見連城這副模樣。他想到有個詞可以形容此刻的連城……對了，屏息以待。

也許，連城是眞的想知道他對於三隻羊的評價。

「雖然還不能對食物的部分說些什麼，單就目前的感受來看，貴餐廳的成功果然有道理。就算萬江樓要經營家庭餐廳，也很難做得比你們更好。」

張雁鳴說得鄭重誠懇，連城明顯鬆了一口氣，露出笑容。

「我對餐點很有信心，你不會失望的。」

張雁鳴點點頭，又說：「哪天三隻羊想要脫手，請務必優先考慮萬江樓餐飲集團，我們會提出令人難以抗拒的優渥條件。」

他這番話成功讓連城的笑容亮度瞬間增加了好幾百燭光。

連城在乎他的想法。

當然，商場上大多數人都在乎萬歷總裁的意見，但要在乎到讓他滿心喜悅，卻是屈指可數。

「什麼時候要介紹我認識第三位老闆？」點完餐，張雁鳴好奇問。

「楊大廚？我不覺得有那個必要。」

張雁鳴的目光忽然移向連城的肩膀後方，「嗯，你說得對。」

什麼？連城一驚，順著總裁的視線回頭，看見他最害怕的畫面——第三位老闆拎著一籃附餐麵包和一只白色瓷盤，自行登場了！

楊大廚來到桌邊，隨便放下麵包籃，然後帶著詭祕的笑容把白瓷盤慎重擺在桌面中央，「這是本店特別招待的前菜，焗烤蘆筍，請兩位享用。」

如果可以抄起整盤蘆筍從楊大廚的腦袋砸下去，不知道多紓壓！可惜這樣的爽快連城只能在腦中模擬。

連城無奈嘆了口氣，爲總裁介紹道：「這位就是我的事業夥伴之一，本來應該待在廚房的本店主廚楊森霖。」

沒等連城介紹總裁，楊大廚便搶著說：「我一接到訊息，立刻派人衝到最近的超市採買蘆筍，幸好來得及，焗烤很花時間呢！」

張雁鳴客氣道：「主廚太費心了，是因爲這道菜有什麼特殊含意嗎？」

「沒有！」

「有，當然有！含意非常非常深！」

兩個人同時回應，連城的答覆很明顯被嗓門更大的楊大廚壓蓋過去。連城無奈地抬起頭，望著雲朵吊燈，祈求上天賜予他堅強的自制力。

楊大廚彎腰貼近桌面，喜孜孜解釋：「總裁請看這些蘆筍，是不是乍看筆直？其實它們可以自在彎曲，不影響味道。」

「是……的確是如此。」總裁困惑抬眼，先看大廚，再看連城，後者還在瞪著天花板吊燈。

總裁的附和對楊大廚是莫大鼓勵，他趁勝追擊，「你心目中有沒有這樣一道菜，原本不吃，後來遇見一家特定的餐館，讓你對這道菜從此改觀？」

「這……這個……」

「不用回答，別跟這傢伙認真！」連城掐著眉心，覺得頭好痛。他轉向夥伴，瞪著眼問：「你放著廚房不管，跑出來幹麼？」

應該拴著人的莊孝謙在哪裡？

「這個時間，客人都在吃甜點，廚房不忙了，我來專心招待貴客。」

「誰說客人都在吃甜點？我們的麵包才剛上，快滾回去做我們的餐點！」

「在弄了、在弄了啦！」楊大廚隨口敷衍，注意力只放在總裁身上，「孝謙說我亂傳連城的照片，應該道歉。可是那不是亂傳，我是判斷——」

「楊森霖，」連城咬著牙，「說重點就好！」

「反正就是孝謙叫我道歉。」

楊大廚說完這句便停了下來，沉默持續到背景音樂熱鬧歡快地唱完兩小段，連城和張雁鳴才驚覺楊大廚並沒有下一句話要說，剛剛那就是道歉。略顯尷尬的氣氛中，張雁鳴只好開口，「沒關係，不需要道歉。」不知道為什麼，他又多加一句，「我已經把照片刪掉了。」

他說完才覺得怪，卻已來不及修正。

「喔，要我再傳一份給你嗎？」楊大廚從口袋摸出手機，滑開螢幕，嘴裡喃喃念著：「連城的搞笑照片我還有很多，睡覺的、喝醉的、女裝的都有，你要不要？」

不行，跟上天借來的力量不夠！連城急忙站起，拉住楊大廚那隻還在滑螢幕的手，轉頭對總裁說：「我必須和我的生意夥伴說幾句話！請稍等一下，我很快回來。」

說完，連城管不了其他客人會不會側目，強行將楊大廚拖回廚房。

有件事楊大廚沒說錯，廚房現在真的不忙。包括目前正閒著的部分外場服務生，一小群人興奮聚集在門邊，透過門上的小圓窗，窺看連城那一桌。

這倒不奇怪，每次有認得出來的公眾人物光顧，廚房裡都是類似的情況，只不過今天更加熱烈。

他們吱吱喳喳討論不休，先是同意張雁鳴是來過店裡最帥的名人，接著又進階為開店以來最英俊的顧客，最後成了此生見過最風度翩翩、最富魅力的男性。

連城偶然聽見，差點加入討論的行列。你們都不知道，總裁穿浴袍多迷人，聞起來多香，臉紅微笑的時候多性感！

他深吸一口氣，控制住自己。

「麻煩你們撥一點欣賞帥氣總裁的時間，幫忙看緊主廚，別讓他再跑出去搗蛋好嗎？」

「我是去向貴客打招呼，主廚都會這麼做！」楊大廚辯解。

連城不理睬他，「孝謙呢？」

「他在辦公室講電話。」一名工讀生回答。

難怪楊大廚自由自在，莊孝謙家裡大概又有什麼事。

「你！」連城指名楊大廚的副手，一名體型和力氣都值得信賴的年輕人，「我授權你在必要的時候可以動用……隨便動用任何手段，只要能把你家主廚留在廚房都好！」

在楊大廚的抗議聲中，連城匆匆離開廚房，帶著一臉歉意回座。

「久等了。」連城向總裁賠笑，「剛才很抱歉，楊大廚就是那樣的個性，不過你不必擔心，無論他有什麼毛病，都不具傳染性。」

張雁鳴笑了起來，「我覺得他是有趣的人。」

「答應過不勉強說客氣話，記得嗎？」

張雁鳴搖搖頭笑，這人真的好堅持把這個約定放在心裡。

「記得，是真心話。」

餐點上齊後，連城斜眼瞅著沒怎麼被動過的焗烤蘆筍，彷彿又看見楊大廚得意洋洋的嘴臉，那個愚蠢至極的焗烤蘆筍理論大概要跟著他一輩子了吧！

「蘆筍吃嗎？」

張雁鳴略作猶豫，決定說實話，「不太喜歡。」

連城點點頭，「不喜歡就不要勉強，那就由我來負責收拾蘆筍。」

至少先把蘆筍當成楊大廚，要狠狠千刀萬剮，吞吃入腹！

「洋蔥呢？」

「洋蔥沒問題。」張雁鳴很快回答。

「太好了，跟你換！可以拜託用你的刀叉來拿嗎？我不想讓餐具沾上洋蔥的味道。」

張雁鳴笑著照做，得到大量洋蔥。

「還有沒有哪個不喜歡？」

他們又交換了彩椒和蘑菇。

整個過程對萬歷總裁來說實在新鮮有趣。張家的餐桌有規矩，食物交換來交換去不像話；其他時候，無論是平日單獨用餐，與他人商業應酬，或是和兼具朋友身分的李志承、從前的江仲棋見面吃飯，也不會如此。

雖然連城盡力勸阻，張雁鳴仍堅持在餐後拜訪廚房，親自向楊大廚表達讚美與謝意。從今晚品嘗到的食物水準來看，楊大廚的確有資格當個率性的怪人。

連城在一旁緊張兮兮盯著兩人互動。幸好他的合夥人雖然講話毫無修飾，白目依舊，連假裝謙遜也演不來，倒是沒再把話題扯到連城身上。

連城鬆一口氣，跟在總裁身後打算離開，忽然被人從後方拉住。楊大廚貼近他耳邊，悄聲說：「確定總裁是直的？看起來不像。」

連城翻了個無奈的白眼。他反覆強調過無數遍，說到連自己都快信以爲眞，楊大廚怎麼就是聽不進去？

「保證百分之百是直的，拜託你和你的蘆筍都不要再出來鬧了！」

✦

這一餐飯吃得久，張雁鳴踏出三隻羊時，街道的風景變得不同，熄掉了好幾間店家的招牌燈，路人也少，晚風襲上頭頸，帶來些許春末的涼意。

不過是冒出該要道別的念頭，張雁鳴的心裡已經覺得寂寞。

他回過頭，連城站在幾步遠的位置，微微彎起嘴角，低聲問他：「難得離我的住處這麼近，上來喝杯咖啡好嗎？」

他們剛剛才喝過附餐咖啡，自己早上中午也都有喝，再多這一杯，晚上就不用睡了。張雁鳴這般想著，卻點點頭，「……好。」

邀約成功，連城高興得忘了必須爬五層樓梯才能到家。

「電梯從三月故障到現在，我每天爬上爬下都習慣了，忘了應該先警告你一聲。」他懊惱解釋。

張雁鳴聳聳肩表示不介意，「電梯是修不好嗎？」

「誰知道呢？房東收租很勤快，需要修繕時，三催四請還不見得有效。」連城邊爬樓梯邊發牢騷，「我大概也就住到年底，打算明年初和三隻羊一起搬走。房東看我們生意不錯，說了下一期房租要大幅調漲。」

「這是個做餐飲生意的好地點。」張雁鳴惋惜道。

「租金漲上去就不好了。」

爬了五層樓梯，連城抵達家門口時並不怎麼喘。他拿鑰匙開門，歪頭笑著說了聲歡迎，便率先進屋。

張雁鳴體能遜於連城，在門邊逗留片刻，順過幾口氣，才跟著跨過門檻，幫忙關上鐵門。

總裁沒有什麼拜訪單身公寓的經驗，如果事先問他，連城的住處在他的想像中該是什麼樣子？他恐怕答不出來。但是當他親自踏進屋內，又覺得的確就應該是眼前的模樣。

連城的公寓雖是租的，依然花了心力布置打理，裝潢與家具的整體色調是沉靜的黑與灰，加上一部分活潑的海藍，空間裡有生活感，卻不雜亂，跟居住者給人的感覺很像。

連城帶張雁鳴簡單參觀家裡，主臥也不介意開放，只是張雁鳴覺得不妥，匆匆在門口瞥了一眼就轉頭走開。

他們在客房就待得比較久。連城向張雁鳴解釋客房的用途，儲物以外，還兼具臨時收留親友和員工的功能。

連城指了指牆角的大型玩具箱，以及附近架子上的童書繪本、蠟筆彩色筆圖畫紙，「那是我的兼差工具，在孝謙走投無路的時候充當保母。」

「你眞有小孩子的緣。」

連城笑了笑，「我不介意陪小孩消磨時間，但要擔負起主要照顧責任就不行了。我情願當個受歡迎的叔叔，不是模範老爸。」

連城喜歡同性，不會有親生子女，理所當然這麼想。

張雁鳴一家都是管家保母帶大，主要照顧者本來就不是父母，同樣覺得理所當然。

最後一站是廚房，各式廚具餐具的數量意外地還不少。

「這裡算是楊大廚的遊戲間，我什麼都不管，只要冰箱微波爐咖啡機健在就好。」

連城說到這裡，問了張雁鳴的喜好，開始操作機器弄咖啡。

張雁鳴獨自回到客廳，隨意瀏覽，看見更多連城的生活痕跡。他的腳步停留在一座大型木櫃前。

木櫃是開放式，沒有門或玻璃，上頭擺了許多書籍和雜物。正好和視線高度平行的位置有個金屬相框，放著餐廳開幕當日的紀念照——三隻羊的綠色招牌被完整收入，門口堆滿祝賀的花籃，畫面中央是三個年輕老闆和一名懷抱嬰兒的年輕女性，四個人攬肩搭背，望著鏡頭笑得滿臉傻氣。

「也有只拍三個人的版本，但是這一張比較合我的意。」

連城和咖啡香氣一起出現在總裁身旁，他兩隻手各拿著一杯咖啡。

張雁鳴道了謝，接過其中一杯。

「我本來期待有更多照片可以看。」張雁鳴語氣裡有著小小的遺憾，看來看去，連城家裡公開展示的照片就那麼一張。

「現在不流行沖洗照片，改天開電腦給你看。」連城頓了頓，半開玩笑半認眞地警告他，「就是別去找楊大廚，那傢伙專門收集朋友們不堪入目的黑歷史。」

「他說有你穿女裝的照片。」張雁鳴微微一笑。

「沒有，你聽錯了！」

談笑間，連城引著總裁來到位於落地窗前的餐桌，擺出兩只小瓷盤，放上昨天收到的蘋果酥配咖啡。

坐在這裡，木製餐椅雖然不及沙發舒適，視野卻是更佳，天氣和運氣都好的時候，可以清楚看見窗外懸掛於清朗夜空裡的皎潔明月。

張雁鳴啜了一口咖啡，勾起嘴角，「不錯，相當高級的材料和機器。」

連城也笑了。膠囊咖啡機當然跟手藝全無關聯，他在飲食方面追求的就是不費腦力、按幾個按鍵就好的境界。

總裁又稱讚蘋果酥好吃。兩人悠閒喝咖啡吃點心，明明方才在三隻羊早已吃飽喝足，卻沒人打算停下來，讓今天做個結束。

高樓尖端，彎彎的月亮爬上來，暈著一圈迷濛白光。看來今天的運氣很好。

「我有個請求。」

連城忽然這麼說，張雁鳴立刻把剩下半塊的糕餅放回小盤，坐直了身體，鄭重其事望向對方的眼睛。

連城也回視著他，「假如，將來有一天，你很生我的氣。到那時候，能不能答應我，你會想辦法原諒我？」

總裁蹙起眉，「如果是你和小蝶……」

「不，不是，我沒有對不起她。以前沒有，往後也不會。」

往後也不會。

張雁鳴垂下眼，視線隨意落在桌面一角，臉色黯淡下來，「那很好。」

比我好得太多。

張雁鳴在心中把未能說完的話完整說完，雖然他眞的沒做什麼，只是順其自然和連城像朋友一樣相處，對不起妹妹的愧疚感卻總在心頭揮之不去。

「你答應嗎?至少答應聽我解釋?」

「嗯。我妹……」張雁鳴覷了連城一眼，猶豫片刻，嘆氣道：「她似乎很抗拒結婚這件事，如果……如果你最終無法如願，也不要……不要太難過。」

「緣分不夠，強求也是枉然，我了解。」

張雁鳴聽了有些訝異。連城怎麼……表現得這麼灑脫？又不像是在說假話。這種程度叫做令人窒息的愛？妹妹的肺活量是不是不太好？

「還有就是……即使你不是萬歷的女婿，也不必就此斷絕來往。我……我們都很喜歡你，將來還是能當朋友。三隻羊擴張事業時，如果有資金上的需求，儘管來找萬銀，我很樂意幫忙。」

連城眼睛一亮，「眞的嗎？」

「當然。萬銀可以提供的優惠很多，你隨時開口——」

「不是，我不需要萬銀的優惠。」連城搖頭，「我是說，你眞的願意繼續跟我往來？像是約出來吃飯，或是……去什麼地方逛逛？」

連城的語氣和目光太熱切了，張雁鳴不得不再次移開視線。

他不敢探究自己的心臟爲什麼怦然加速。明明連城是妹夫也能自然來往，他卻忽然覺得連城不是妹夫更好，自己竟然期待親妹妹失去一段好姻緣，多麼可恥可怕！

「時、時間太晚，我該離開了。」張雁鳴拉開椅子起身，動作帶著輕微的慌張。

「我送你。」連城也跟著站起。

「不必麻煩，我叫人來接，或者搭計程車，都很方便。」

張雁鳴匆匆繞過桌椅，往門口前進，連城很快追過去。

「不麻煩，讓我送你，拜託！」

好不容易總裁答應讓他送，連城去拿車鑰匙的途中，手機卻不識相地響了起來。

本來連城打算直接按掉電話，一看螢幕，竟然是小畫家來電。這個社交邊緣人從不輕易來電，大概是聽說了藝廊的事，恐慌害怕，他不能置之不理。

而且不能在總裁面前講這通電話。

「對不起，我接一下電話，你先到樓下等我好嗎？」

「嗯，你、你慢慢來吧！」

張雁鳴走得很急，下樓步出公寓時，喘氣的程度竟然比上樓更嚴重。

他在餐廳外頭的長椅坐下，等連城講完電話下來。

街道更冷清了，除了便利商店，附近已沒有營業中的商家。三隻羊的大門早就關閉上鎖，留下店內一盞小燈。不一會兒，小燈也熄滅，周遭僅剩街角的路燈提供光源。

張雁鳴從長椅上仰頭，這邊和連城公寓的落地窗面向同一個方向，可惜這裡看不見月亮。

餐廳側門傳來動靜，有三個人聲在談笑，張雁鳴聽出其中一個是楊大廚，還有鑰匙碰撞的聲響，他們似乎正在鎖門。

那三人是在巷子裡的另一側，看不見他，張雁鳴也就不動，他現在沒心情和不熟的人說話。

但是交談聲還是斷斷續續傳過來。

「我跟你們說，連大哥那桌今天是我負責的，我覺得他和萬歷總裁好適合在一起喔！」

「哈，別妄想了！他們一個彎的一個直的，性趣不合，不可能啦！」

「真的假的？」

「連城親口跟我說的，保證百分之百正確。」

「哎喲，怎麼這樣？太可惜了吧！」

三個人接著約起消夜，討論該吃什麼好，人聲逐漸遠去，直到完全消失，張雁鳴才感覺到手指的顫抖。

一個彎的一個直的。

連城是妹妹的男友，當然是直的，另一個彎的不就是在說自己？他們怎麼知道？他們怎麼可能知道？

「連城親口跟我說的，保證百分之百正確。」

楊大廚那番話有如雷擊，他懷疑自己的心臟似乎停止了跳動。

張雁鳴在長椅上彎下腰，顫著抽了一口氣，卻好像什麼都沒有吸到，胸腔滯悶無比。

埋藏那麼多年的祕密，連城隨隨便便就說出去了？像分享一件輕鬆的趣聞，告訴了朋友？他擔心害怕這個祕密將要被迅速散布出去，所有人很快都要知道了嗎？

張雁鳴掏出手機，用發抖的手指撥打電話，找人來接他。

連城沒猜錯，氣憤的Janet把下午連城和張雁鳴造訪藝廊的經過，都告訴了鄒文雅。小畫家不笨，透過Janet的轉述，猜到很可能是女友的親人找上門來。原本他想等張蝶語下班回家再商量，不巧大律師今晚加班，不知道幾點能見到面。

理智上知道這不算是緊急事件，不該去電事務所打擾，但是等待加深了小畫家心中的焦慮恐慌，只好打電話先找連城商量。

連城覺得自己花費了好幾個小時說服小畫家一切沒事，總裁什麼都沒發現、什麼都不知道，他很安全，現在逃到南美洲或海王星都不是個好主意。

好不容易結束通話，連城看了眼時間，真不敢相信才過了五分鐘。

希望總裁沒有等得太無聊。連城甩著車鑰匙，走出公寓先往幾個明亮處張望，卻沒看見總裁。

眞奇怪！他剛決定打電話找人，就發現有人從陰暗處冒了出來，朝他走近幾步。

連城笑著收起手機，「怎麼躲在那麼暗的地方，好嚇人。」

總裁沒再繼續往前走，上半身停留在建築落下的陰影裡。連城看不清楚他的臉，隱隱感到不太對勁。

「……你辜負了我的信任。」總裁帶著森冷的怒氣說，每一個字都像從緊咬的齒縫中勉強擠出來。

連城如墮五里霧中，張著嘴傻在原地。總裁那句話是什麼意思？

「本來我打算直接離開，但是我答應過，要聽你的解釋。」張雁鳴稍微停頓，再開口時，聲音裡的溫度又下降了，「你好有膽量敢要求我原諒？要求我聽你解釋？告訴我，你裝作若無其事和我談話說笑的時候，心裡有沒有一點愧疚？」

啊，連城終於聽懂，總裁發現了他和張蝶語的騙局！但是……怎麼可能？

「你……你怎麼知道的？」

「你的主廚合夥人說的，像在說一個笑話。」張雁鳴冷冷回答。

「噢，就知道楊森霖那個大嘴巴會壞事。」連城嘆口氣，搓了一把臉。這不是暴露真相的理想方式，但他終究得要面對，「其實，你仔細想想，這整件事的確滿好笑的。」

「好笑？」

連城看不見張雁鳴的表情，卻聽得出他語氣裡的震驚。唉，總裁什麼都好，就是偶爾太戲劇化。

「我認同你有資格生氣，只是，這整件事從來不是針對你，發那麼大的脾氣難道不是有點……過度嗎？」

張雁鳴往前踏出一步，路燈照亮他一部分的臉，蒼白嚴峻，殺氣騰騰，差點嚇停連城的心跳。

連城立刻後退一步，「等、等等！發火之前先讓我道歉！我只是、只是幫小蝶一個忙啊！」

張雁鳴大皺眉頭，「別把我妹拖進來。」

「拜託！我才是被她拖進來的半個受害者！」

張雁鳴又退回至陰影中，眉頭揪得更緊，迷惑慢慢在臉上漫開。

他們的對話兜不起來，到處嚼舌根也不符合連城的性情，難道他跟自己說的不是同一件事？

「我剛剛叫了人來接，車子抵達之前我聽你解釋，從頭開始說！」

Chapter 20

總裁要求從頭說起，連城遵命照辦，便從那場燒肉飯局開始說起。

「今年年初，農曆年前幾個星期，我和小蝶相約吃晚飯。你也知道，法律事務所的工作不簡單，小蝶又在爭奪合夥人位子的關鍵階段，下班後的美食可以有效紓解壓力，對她來說很重要。當然不是每天約啦！小蝶更喜歡回家吃飯，多數時候我也有三隻羊要照顧。嘿，這個句子是不是很妙？好像我眞的養了羊咩咩要餵食、洗澡、擠奶——」

「你好像覺得時間很多？車一到，我保證掉頭就走。」

「好、好！我、我緊張嘛！」

連城匆匆一笑，跳過飼養羊咩咩的日常，繼續往下說。

「那天我們吃燒肉，非常熱門的一家名店，平日去得稍晚，候位隊伍就會大排長龍，假日訂位更要提早好幾天。餐廳對面有家萬銀的分行，說不定你也吃過？或是聽說過？沒有嗎？不感興趣？好吧！總之，我們到得算早，運氣不差，店裡有空位，上菜快速，肉又好吃！」

張雁鳴盡可能不出聲地嘆了口長氣，不明白自己是做錯了什麼，需要忍受這種冗長無用的開場廢話。

「吃飯閒聊的過程中，小蝶提出請我幫忙，至於她要我幫的是什麼忙，你已經知道了。」

「我要聽你親口說出來。」

連城當然不知道總裁非要聽他親口說的真正原因，只感覺對方語氣冷冽，應該很生氣。

「就是……小蝶拜託我假扮她的男友，給令尊令堂一個交代，暫時緩解她被催婚的壓力嘛！」

總裁所在的陰暗處傳來奇異的動靜，像是一道短促的抽氣聲。連城瞇起眼睛努力看過去，黑暗中只看得見總裁的身形輪廓。

「你……你還好嗎？」

連城聽見總裁發出意義不明的含糊喉音，然後總裁點點頭，吩咐道：「說下去！」

「喔，」連城伸手抓了抓後頸，總裁的聲音有點抖，是錯覺吧？「一開始，我覺得很荒謬，也拒絕了，其實到現在我也還是這麼想。但是小蝶沒有誇大她的困擾，假扮她假男友的這幾個月，我深有體會，那種女大當嫁、年紀越大越不值錢的觀念真的能把人搞瘋，連我這樣的條件，你父母都能欣然接受，催著要我們趕快結婚。」

連城刻意把話停頓在這裡，滿心期待總裁開口，要他別妄自菲薄，跟他說：你很好啊！好到我不願意讓給妹妹。

但是總裁不說話。

唉，好吧，裝可憐不管用。連城摸摸鼻子，繼續他的解釋。

「我答應幫忙，算是好幾個原因加在一起的結果。我和小蝶經常互伸援手，她是我非常重要的朋友，而她口中需要欺騙的對象，在當時只是耳聞過的名人，與我素不相識，老實說，我沒怎麼有罪惡感，好奇心倒是十分強烈，能接觸萬歷張家就像受邀遊覽一個從來不對外開放的神祕奇幻主題樂園，我的意志力沒有堅強到能夠抗拒到底，道德觀也不算高尚。」連城自我調侃地笑了笑，「總之，我被說服了。小蝶的正牌男友最有資格反對，連他都大力贊成。」

「正牌男友？」

連城終於又聽見總裁說話，聲音沒有先前冰冷，他稍微鬆了口氣。「楊大廚他們也不知道，小蝶把男朋友藏得很好。」

張雁鳴側頭想了想，恍然大悟。

「她真正的男友是那個姓鄒的畫家。」

「我都叫他小畫家。」連城微微一笑，就知道總裁可以馬上把事實拼湊出來。

「小蝶認爲你們家不可能接納他當女婿，甚至會使出某些厲害的手段逼走他。我從未見過張蝶語大律師害怕什麼，直到她說起失去小畫家的可能性。」連城對著籠罩在陰影下的總裁，竭力擠出最誠懇的表情，「他們兩個人之間的事不該由我來說。可能的話，我想拜託你花點時間親自認識小畫家，挑個小蝶不在場的時候，把他堵在不能逃的地方，然後——」

「……離題了。」

喔對，連城努力回想原本的話題主軸斷在哪裡。

「我剛才說到……說到……啊，說到我同意幫忙，具體的內容不過就是每逢重要節日跟你們家吃頓飯，充當小蝶幾個月或半年的男友，然後和平分手。後來發生的種種，純屬意外。你問我有沒有一點愧疚……是有過一次吧！」連城頓了頓，語調忽有變化，變得輕柔，「那一天，和你並肩坐在明新醫院的臺階上，我的確感到內疚，當時我眞正想做的不是與你分食巧克力，而是告訴你，我也是。」

仍舊藏身於黑暗中的張雁鳴姿勢改變了，他讓連城聯想到察覺陌生人靠近的野貓，因爲警戒而變得無比專注。

或許楊大廚沒有向張雁鳴提及自己的性傾向，但是連城已經不太在乎，他遲早要對張雁鳴坦承的。

連城深吸一口氣，說道：「我應該告訴你，我也是同性戀，國中就發現自己是了。我應該跟你分享將近二十年身爲社會少數的心情，或許可以讓你……少一點寂寞。」

張雁鳴是個老練的生意人，只要刻意下功夫，情緒便能夠掩藏得一絲不漏，可是他的多年歷練顯然不適用於這種等級的震撼。他慶幸自己一開始就待在陰影裡，否則他忽白忽紅的臉色，既驚訝又錯愕的神情，根本無法躲過任何一雙眼睛，連城老早就會察覺楊大廚說的不是同一件事。

那麼，究竟楊大廚說了什麼呢？

張雁鳴在腦中搜索記憶，驚覺所謂「一個彎的」更可能是指連城。連城與楊大廚是大學室友，是餐廳合夥人，多少年相處下來，楊大廚怎麼可能不知道連城的性傾向？連城根本沒有出賣他，相反地，連城顯然還爲了他向夥伴們說謊。

連城守住了他的祕密，也守住跟妹妹的約定，這的確合乎連城的性情。假設沒有今天的陰錯陽差，連城還會坦白一切嗎？或者就將按妹妹的原始計畫，數月後妹妹和連城分手，船過水無痕，包括自己在內的所有人永遠被蒙在鼓裡？

「除此之外，我不想要改變過去的任何事。」

張雁鳴及時回神，聽見連城這麼說。

「在蘇格蘭高地，無論如何我一定要打開車篷，即使路上沒有羊，我也會自行把車開下道路！那幾天發生的每一件事，我都不後悔，跟你共度的每一分鐘，都值得珍藏。」

太多訊息湧過來了！張雁鳴舉起一隻手打算叫停，連城卻像是沒有注意到，繼續往下說。

「我真的催促過小蝶，想要趕快結束這整件事，但我無法告訴她，我會如此急切的眞正原因……」

連城的視線先是落在張雁鳴腳邊的紅磚路面，接著往上移至他認爲應該是張雁鳴雙眼的位置。

「因為我喜歡你，很喜歡。」

連城三十年人生第一次這麼鄭重說出這樣的告白，也是第一次，什麼立即的反應都沒有收到。

張雁鳴動也不動，幾乎和陰影融為一體。

連城小心趨前一步，張雁鳴的身軀才猛地顫了一顫，像隻受到驚嚇的小動物。

連城想再往前走，一輛車倏地駛近，在幾步距離外停了下來，隨後熄掉大燈。他和張雁鳴同時轉頭去看，駕駛座窗口探出安東尼的半顆腦袋，似是察覺到氣氛異樣，又很快縮了回去。

張雁鳴忽然邁開腳步，往車子的後車門移動。

「你要走了？」連城低聲問。

張雁鳴的動作僵了一瞬，「……我現在沒有辦法說什麼。」

話一說完，張雁鳴便快速坐上車。

座車重新起步，沿著街邊慢慢從連城面前駛過。車窗玻璃一片漆黑，連城只看見錯愕與失落交錯的自己的臉，模模糊糊倒映其上。

✦

座車在岔路拐過彎，進入下一條街，不能再看見後方人影時，張雁鳴要求部屬靠邊停車。

「發生了什麼事嗎？連老闆看起來似乎有點沮喪。」安東尼問。

「那就是你好心代替同事過來接我的原因？急著看看你要的藝廊花招能有什麼效果？」

安東尼不必透過後照鏡確認，就能知道老闆此刻很不爽快，也知道認罪的最佳時機稍縱即逝。

「被您抓到了！」安東尼往後照鏡抬頭，讓總裁看清楚自己充滿眞誠歉意的臉，「很抱歉沒有事先向您報告。」

「什麼時候知道的？知道多少？」

「總裁又知道多少呢？」

「安特助，這是你唯一的一次警告。」

安東尼吐了吐舌頭，不敢再測試老闆的底線。

「是老夫人委託我做的調查。」

他老老實實都說了。關於自己如何對連城進行嚴密的身家背景調查，能找到的資料一樣也沒漏掉，往上追溯好幾代，包括連城姊姊的夫家也順便探了探，還有餐廳的經營、資金、人事……等等。

他沒有查到半點問題，連城怎麼看都是個社會棟樑好公民。

然而，當調查觸及到感情世界，安東尼很快便察覺「好男人不是已婚就是同志」這句玩笑話竟有幾分眞實，連城是個不折不扣的同性戀者，一次也未曾和女性交往過。

一開始安東尼還以爲張蝶語又受騙，後來觀察到連城並未對張蝶語隱瞞性傾向，且兩人情誼深厚。於是他接著又猜，或許大小姐打算和連城締結一樁無愛婚姻，婚後再各自追尋不能公開的戀情，就像許多的豪門少爺、千金做過的那樣。

「那時候我才發現鄒文雅的存在，」安東尼解釋道：「顯然大小姐已經和他同居生活好幾年，但只有非常少數的幾名親近友人知情。」

張雁鳴閉了閉眼，嘆氣道：「我們全家都承諾過小蝶，不暗中探查她的隱私，承諾的範圍包括你們這些部屬在內，你也清楚。」

「根據老夫人的說詞，如果什麼都沒有查到，調查不就等於不存在嗎？」

「詭辯是行不通的。」張雁鳴搖搖頭。他想到妹妹的如意算盤——在計畫敗露之前和連城分手，將整件事消弭於無形。

他懂妹妹的煩惱，眞的懂，卻對妹妹解決煩惱的方式一時不知該作何感想。

「但是總裁……拒絕委託更加行不通，老夫人會往外尋找徵信社，那太危險了！

所以您可以想像我有多麼爲難，若是直接將調查結果呈報給您，等於陷您於不義，因此才隱瞞您，這全是爲了您著想。」

「喔，爲我著想。」

「總裁請別忘記，我終究找到好方法間接暗示您了啊！」車內空調超強，冷汗仍然從安東尼的背脊緩緩淌下。「收藏畫作是李總的嗜好，他約我去逛那家小畫廊，裡面展示了好幾幅像極了大小姐的肖像作品。我們認爲總裁會感興趣，所以跟您提起，不意竟讓您發現這個天大的祕密！將來大小姐或任何人問起，這套官方說法完全能夠應對，沒人能指控我們私下做過調查。當然，我的初心是希望總裁自然而然發覺，或者促使連老闆自白又更好！我覺得試試沒什麼壞處。」

「沒什麼壞處。」

「總、總裁，您一直重複我說的話，好可怕。」安東尼的襯衫大概都汗濕一半了。

「你是爲我母親查探，怎麼不對她說實話？」

「如實稟告老夫人，事情必然會鬧得很大。將來大小姐要尋仇，老夫人不見得會保護我。」安東尼苦笑。

「我就會保護你？」

「因爲我也照應了連老闆啊！我知道總裁就算一時生氣，日後氣消，一定對我加倍讚賞感激。」

張雁鳴瞇起眼，瞳中閃過警戒的光芒。

「是，對不起！我知道您是同性戀。」

車內安靜了一陣子。

如果安東尼昨天或今早這麼說，大概能嚇張雁鳴一大跳。但是他現在提，和連城那裡爆出來的各種訊息相比，便顯得微不足道了。再說，假設有誰可以自行發覺張雁鳴的祕密，那個人當然最可能是朝夕在他手下，且擅長四處蒐羅情報的安特助。

「我希望連老闆是那個能帶給您快樂的人，您和連老闆之間有火花，我看得出來，您可不能因爲我和您的希望一致而責怪我。」安東尼鼓起勇氣又說。

「你的膽子不小。」張雁鳴睨他一眼，語氣裡卻沒有怒意，「還有誰知道？」

「我知道的，Chris和佐久間也都知道。李總什麼都沒察覺，他想買那幾幅畫，純粹因爲他認爲把畫送給大小姐會很好玩，不過他並沒有太重視鄒先生，他說鄒先生的作品平淡無奇，不合他的喜好。」

「嗯。」

張雁鳴抬起手肘靠在車窗下緣，撐著半邊臉頰。本來他應該要爲了部屬造成的背信，而對妹妹感到內疚，現在這份內疚卻被妹妹和連城的假男友計畫抵銷了大半；而這場荒謬騙局原該造成的負面觀感，又被自己的性傾向其實並沒有洩漏出去的一場虛驚給削弱了。

搞得他都不知道此刻該有什麼樣的感受才合理。

「事情本來不必弄得這麼複雜，你應該第一時間告訴我，小蝶生氣就生氣，我能應付。」

「可是總裁，由我告知的話，您恐怕要花好幾個星期、甚至幾個月的時間原諒連老闆，期間心情一定很壞，大家都遭殃。若是由連老闆主動坦白——」安東尼說著嘻嘻一笑，「我猜那是今晚發生的事？您現在就已經消氣了不是嗎？」

「說夠了，開車吧！」

「是，總裁。」

座車重新駛回道路，夜已深沉，交通順暢，他們連續遇上綠燈，到了第三個十字路口才被紅燈攔下。

安東尼看了看號誌燈顯示的漫長秒數，又往後照鏡瞄，好奇心終於壓制不住，「總裁，您在畫廊看到那幾幅畫作時，有發現大小姐的祕密嗎？連老闆是在畫廊向您坦白的嗎？」

「不是，在畫廊的時候，連城他……隨機應變了。」想到早先的鬧劇，張雁鳴不由得面露微笑。

「因爲我喜歡你，很喜歡。」

連城的表白遲了一段時間，終於又在總裁的腦中響起。

安東尼從後照鏡瞥見總裁嘴角那抹難得的笑，心中驚喜。他不敢多嘴破壞氣氛，悄悄把視線挪回號誌燈上。

「眞不敢相信我妹會設下這種離譜的計畫，而且還竟然眞的奏效，害我這幾個月——」張雁鳴輕咬嘴唇，及時打住未完的話。縱使安東尼全都知情，他也不習慣吐露心聲。

「請問總裁，我可以爲連老闆說幾句公道話嗎？」

「現在不想聽。」

號誌燈終於轉爲綠色，安東尼踩動油門，繼續直行，在靜默的氣氛中穩當駕駛。五分鐘後，又一條十字路，張雁鳴開口：「你現在可以說了。」

五分鐘，還眞是久呢！

安東尼忍著不露出笑意，「報告總裁，我的調查很徹底，連老闆沒有假造任何事，表現出來的也是眞性情，他只是認眞信守承諾，實在不能算是犯了大錯。況且，總裁也知道，大小姐一旦下定決心要做什麼事，她的說服力和堅持程度是很驚人的。」

「有你做盟友，連城倒很幸運。」

「喔不！我才不是連老闆的盟友，我是總裁的盟友！永遠一心一意、赤膽忠心，只考量總裁您一個人的利益！」

「狗腿要適可而止。」張雁鳴放鬆了背脊和肩膀，臉頰又靠回抵在車窗邊的手背上，「你的行為依舊令人難以接受，再有下一次，就準備找新工作吧。」

「是，總裁，絕對沒有下一次。」

「最近連城要是跟你聯絡，就說我在生氣。」

安東尼快速朝後照鏡瞥去謹慎的一眼，「總裁打算氣多久？」

張雁鳴沒有回答，他閉上雙眼，整個人彷彿沒了骨頭似的沉進座椅中。先是一整日的疲倦襲上來，讓他長嘆一口氣。

然後是輕鬆，徹底從罪惡感中解脫的輕鬆，像一池溫度正好的熱水裹住了他。

連城喜歡我。

張雁鳴的嘴角悄悄彎起，心臟輕快鼓動著。漆黑的車窗玻璃映出了他的臉，和他的微笑。

未完待續

後記
我的命名樂趣

寫個總裁當主角一直是我的願望，經過將近一年的努力，願望終於得以實現，完成了這個故事，心中實在高興。

決定要寫總裁文之後，腦中冒出的第一個畫面，就是總裁受困鄉間小旅館，所有的支付方式都碰壁的段落。我超想寫那一段，然後才逐漸發展出前後文。

整趟蘇格蘭旅遊是上冊最重要的部分，也是我寫得最快樂的部分。第二個愉快的地方就是爲角色命名，有時都覺得自己是在玩鬧了。（我眞的有盡力克制了）

張延齡的喜好就是我的喜好，可以說是爲了組那些名字，才搞出張家這一大堆角色，龍騰虎嘯鳳翔，我玩得非常開心。下一代的名字比較正經，但是仔細一想，海桐遠溪什麼的，也滿適合作爲溫泉旅館的房間代稱。

至於唯一沒有命名的張家老夫人，如果問我原因，我實在也答不上來，彷彿是一開始錯過時機，之後就沒機會了。

最初，總裁不叫雁鳴，而是挑了比較俏皮的雀，叫張雀鳴。後來被朋友說搭配連城二字有麻將感，於是捨棄了，換一隻大一點的鳥。現在覺得幸好有改，麻雀給人很吵的印象，和總裁不太搭，雁鳴眞的是好聽、好看得多。

連城的姓名倒是咻一下就出現了，本來還擔心會與其他小說主角撞名，一查竟然沒有，頗有點意外。

萬歷的各種子集團名稱也命名順利，除了網路連載時，萬麗飯店撞了現實生活中的飯店名。眞的是好巧，飯店就開在我家附近，家人第一次跟我說他要去萬麗飯店吃喜酒時，著實嚇我一跳。因此飯店名在成書後就改爲萬禧了。

連城的餐廳卻是始終想不出好名字。要不是無趣，就是搜尋之下發現已有同名餐廳，想來想去只好走一個莫名其妙路線。文中說連城他們爲餐廳取名困難，最後硬著頭皮亂來，完全是我眞實碰上的情況。

基於同樣的原因，楊大廚楊森霖的大名也是這麼來的；至於莊孝謙，則是現實中朋友的朋友的名字，四平八穩，故事裡外都是很好的人。

戲份不少的蘆筍來自我的個人經驗，不過不是焗烤蘆筍，也沒有布魯爾小館，而是北海道美瑛的焗烤馬鈴薯。

我是從來不吃焗烤類食物的，但是在美瑛民宿吃到的焗烤馬鈴薯，簡直好吃到顚覆我的世界觀！至今念念不忘。

在那之後，我還是完全不吃焗烤。這種體驗到了楊大廚的腦袋裡，大概像極了愛情吧！（這梗過時了，我知道）雖然不想承認，但是我和楊大廚，可能是有幾處相像的地方。（絕不是廚藝就是了）

這次的故事還試著增加了小孩子的戲份。雖然說拿捏小孩的歲數和他們應有的言行舉止對我而言很不容易，永遠都在擔心他們是否太成熟或太幼稚。

不過，就結果來說，我自己是挺喜歡的。孫少爺張曉峰就是我偏愛的角色之一，下冊還會出場，繼續擔任連城的忘年之交。

最後要感謝編輯們的辛勞、寫文過程中被我猛烈騷擾的親友們，以及連載期間的每一個點閱、每一個不吝給予我的支持與鼓勵。我能在這裡滿懷感激地寫後記，都是托大家的福，謝謝你們一路看到了這裡，如果我的創作有帶給你們一些快樂，那就太好了。

白狐

國家圖書館出版品預行編目資料

一個價值連城的小忙／白狐著. -- 初版. -- 臺北市：城邦原創股份有限公司出版：英屬蓋曼群島商家庭傳媒股份有限公司城邦分公司發行, 2021.01
面；公分. --

ISBN 978-986-99411-4-3（上冊：平裝）. —
ISBN 978-986-99411-5-0（下冊：平裝）

863.57　　109011283

一個價值連城的小忙（上）

作　　者／白狐
企畫選書／楊馥蔓
責任編輯／楊馥蔓

行銷業務／林政杰
總 編 輯／楊馥蔓
總 經 理／伍文翠
發 行 人／何飛鵬
法律顧問／元禾法律事務所　王子文律師
出　　版／城邦原創股份有限公司
台北市中山區民生東路二段 141 號 6 樓
電話：(02) 2509-5506　傳眞：(02) 2500-1933
E-mail：service@popo.tw
發　　行／英屬蓋曼群島商家庭傳媒股份有限公司城邦分公司
聯絡地址：台北市中山區民生東路二段 141 號 11 樓
書虫客服服務專線：(02) 25007718．(02) 25007719
24小時傳眞服務：(02) 25001990．(02) 25001991
服務時間：週一至週五09:30-12:00．13:30-17:00
郵撥帳號：19863813　戶名：書虫股份有限公司
讀者服務信箱 email：service@readingclub.com.tw
城邦讀書花園網址：www.cite.com.tw
香港發行所／城邦（香港）出版集團有限公司
地址：香港灣仔駱克道 193 號東超商業中心 1 樓
Email：hkcite@biznetvigator.com
電話：(852)25086231　傳眞：(852) 25789337
馬新發行所／城邦（馬新）出版集團 Cité(M)Sdn. Bhd.
41, Jalan Radin Anum, Bandar Baru Sri Petaling,
57000 Kuala Lumpur, Malaysia.
電話：(603) 90563833　傳眞：(603) 90576622
Email：services@cite.my

封面設計／Gincy
電腦排版／游淑萍
印　　刷／漾格科技股份有限公司
經 銷 商／聯合發行股份有限公司
電話：(02)2917-8022　傳眞：(02)2911-0053

■ 2021 年 1 月初版　　Printed in Taiwan
■ 2022 年 11 月初版 2.8 刷

定價／300元

ISBN　978-986-99411-4-3

POPO城邦原創 www.popo.tw　城邦讀書花園 www.cite.com.tw

本書如有缺頁、倒裝，請來信至service@popo.tw，會有專人協助換書事宜，謝謝！